Chahdortt Djavann

Die Stumme

Chahdortt Djavann

Die Stumme

Roman

Aus dem Französischen von
Nathalie Mälzer-Semlinger

Goldmann Verlag

Die Originalausgabe erschien 2008 unter dem Titel
»La muette« bei Flammarion, Paris.

FSC
Mix
Produktgruppe aus vorbildlich
bewirtschafteten Wäldern und
anderen kontrollierten Herkünften
Zert.-Nr. GFA-COC-001262
www.fsc.org
© 1996 Forest Stewardship Council

Verlagsgruppe Random House FSC-DEU-0100
Das für dieses Buch verwendete FSC-zertifizierte Papier *EOS*
liefert Salzer Papier, St. Pölten, Austria.

1. Auflage

Redaktion: Dr. Martina Kayser
Satz: Uhl + Massopust, Aalen
Druck und Einband: Friedrich Pustet KG, Regensburg
Printed in Germany
ISBN 978-3-442-31231-3

www.goldmann-verlag.de

Für meinen Wärter, M.A.F.

Im September bekam ich einen Brief aus dem Iran. Da ich dort niemanden kannte, hielt ich es zunächst für eine Verwechslung, aber auf dem Umschlag stand mein Name. Der Absender auf der Rückseite war in persischen Lettern geschrieben. Zwar war auf beiden Seiten des Umschlages blaue Tinte verwendet worden, es war aber nicht dieselbe Tinte. Die Adressen waren von unterschiedlichen Personen mit verschiedenen Füllern geschrieben worden. Heute erscheint es mir wichtig, meinem Bericht diesen Brief vorauszuschicken.

Madame,

ich bin Berichterstatterin und arbeite derzeit im Iran. Ich lasse Ihnen über diplomatisches Gepäck ein Päckchen zukommen, das Sie in einigen Tagen erhalten müssten. Es enthält zwei Manuskripte: Das eine, das Original, ist auf Persisch geschrieben, das andere ist die Übersetzung. Der Bericht wurde von einem fünf-

zehnjährigen Mädchen im Gefängnis verfasst und erzählt eine wahre Geschichte. Ein wundersamer Zufall hat mir diesen Text in die Hände gespielt. Ich habe die Übersetzung mit Hilfe eines iranischen Schriftstellers angefertigt, eines Spezialisten für westliche Literatur, der aus Sicherheitsgründen anonym bleiben möchte. Ich habe mir die Freiheit genommen, am Ende der Geschichte einige Zeilen hinzuzufügen, die erläutern, unter welchen Umständen der Bericht in meine Hände gelangt ist. Ich habe mir gedacht, Sie könnten an einer Veröffentlichung interessiert sein, und hoffe sehr, ich habe mich nicht getäuscht.

Mit freundlichen Grüßen
C. J.

Der Brief machte mich neugierig. Zwei Wochen später kam das Päckchen. Und tatsächlich enthielt es ein mit Maschine geschriebenes Manuskript sowie ein Heft, das in kleiner, gedrängter Handschrift vollgeschrieben war – kein Rand, wenige Streichungen und weder Einzüge noch Absätze. Der Anblick dieser Seiten, die eng mit fremdartigen Worten beschrieben waren, deren Bedeutung sich mir völlig entzog, ließ eine seltsame Beklemmung in mir aufsteigen. Auf den letzten Seiten wurde die Schrift sogar noch schmaler: Die Verfasserin hatte offenbar nur dieses eine Heft besessen.

Die Übersetzung las ich in einem Zug durch. Dann nahm ich das Original wieder zur Hand und blätterte es Seite für Seite durch, ohne es entziffern zu können. Dabei hatte ich einen Kloß im Hals, und das Herz wurde mir schwer; mir war, als würde ich die persische Version ein wenig verstehen, zumindest die Entschlossenheit der Autorin und ihr Leid begreifen, das in dieser fremdartigen Schrift zum Ausdruck kam. Dass eine solche Geschichte wahr sein könnte, wäre für mich unvorstellbar gewesen, hätte ich dieses Heft nicht in Händen gehalten. Keine Frage: Ich würde es veröffentlichen.

Ich bin fünfzehn Jahre alt und heiße Fatemeh, ich mag meinen Namen nicht. In unserem Viertel haben alle einen Spitznamen, meiner ist »die Nichte der Stummen«. Die Stumme war meine Tante väterlicherseits. Ich werde bald hingerichtet. Meine Mutter hat mir den Namen Fatemeh gegeben, denn ich bin am Geburtstag des Propheten zur Welt gekommen, und weil ich ein Mädchen bin, hat sie mich nach Mohammeds Tochter benannt. Sie hätte wohl nicht damit gerechnet, dass ich eines Tages hingerichtet würde. Ich auch nicht. Ich habe den jungen Gefängniswärter angefleht, mir ein Heft und einen Stift zu geben. Er hatte Mitleid und erhörte den letzten Wunsch einer zum Tode Verurteilten. Wo soll ich anfangen? Das kleine Lexikon auf dem Mauervorsprung der Zelle, in der ich über ein Jahr verbracht habe, habe ich mehrmals durchgelesen. Es hat mir Spaß gemacht, mir die Bedeutungen der Wörter einzuprägen, aber ich erinnere mich nicht an alle Wörter und ihre Bedeutung. Ich habe noch nie etwas geschrieben, abgesehen vielleicht von ein paar Gedichten, etwa zwanzig, aber niemand hat sie je gelesen. In der Schule war ich sehr gut, aber mit dreizehn musste ich sie verlassen. Ich wäre gern dort geblieben und später auf die Universität gegangen. Doch aus meiner Familie, und auch aus meinem Viertel, hat niemand je eine Universität betreten. Dort, wo ich aufgewachsen bin, gibt es nichts außer Elend und Drogen. Keiner entrinnt dort seinem Schicksal. In dieser Welt zerstört die Armut Männer und Frauen, sie macht sie schlecht: Wegen des großen Elends träumen die Menschen nicht einmal mehr. Mein Onkel, der Bruder meiner Mutter, war ein sanfter, gut aussehender Mann, aber drogensüchtig. Mit seinen zweiundzwanzig Jahren war er noch ein Träumer, vielleicht träumte er ein bisschen zu viel. Die Stumme war auch schön, sie hatte große strahlende Augen und ein ansprechendes Gesicht. Ich bin weder schön noch hässlich. Obwohl, jetzt, in dieser Zelle, bin ich es wohl doch. Die ersten drei Tage meines Verhörs waren die längsten überhaupt, zweiundsiebzig Stunden ohne Schlaf und ständig Hiebe mit dem Schlagstock. Ich habe unsäglich schwere Verbrennungen, mehrere kaputte Zähne, mein Gesicht ist geschwollen, die Rippen sind gebrochen, und wenn ich atme, tut mir der ganze Körper weh. Erst jetzt wird mir allmählich klar, dass ich bald hingerichtet werde. Tag und Nacht in dieser engen, leeren Zelle auf den Tod warten zu müssen, geht über meine Kräfte. Ich denke an die Stumme, stelle mir vor, sie wäre an meiner Seite, sie würde mir helfen, nicht verrückt zu werden, die Schmerzen und die Angst zu ertragen. Ich schreibe, damit sich jemand an mich und die Stumme erinnert, denn ich habe Angst, einfach so zu sterben, ohne etwas zu hinterlassen. Vielleicht liest eines Tages jemand dieses Heft. Vielleicht wird mich eines Tages jemand verstehen. Ich suche keine Bestätigung, nur Verständnis.

Dem Wärter graut es sicher vor meinem Gesicht, aber auch vor meinem Stöhnen. Manchmal ist der Schmerz unerträglich. Heute hat er mir ein kleines Papiertaschentuch zugesteckt. Zuerst dachte ich, damit ich mir die Nase putzen kann. Das fand ich sehr aufmerksam und habe mich bedankt. Aber dann stellte ich fest, dass es nur ein halbes Taschentuch war, zerknittert, leicht schwarz. Und darin eingewickelt ein winziges Stück Opium. Der Wärter sieht nicht aus wie einer von hier, wenn er so etwas wagt, kommt er sicher aus einer großen Stadt. Ich fühle mich ganz eigenartig, solche Empfindungen hatte ich noch nie zuvor.

Als ich verhört wurde, habe ich kein Wort gesagt. Ich habe die Schläge ertragen, ohne zu schreien, und so getan, als wäre auch ich stumm. In diesen drei Tagen habe ich das hartnäckige Schweigen begriffen, in das sich meine Tante geflüchtet hatte. Die Absolutheit, mit der sie sich in dieses Schweigen eingemauert hatte, flößte den anderen manchmal Angst ein, forderte ihnen aber auch Respekt ab. Schweigen heißt vielleicht, die Wahrheit nicht zu verraten. Am Ende nannten wir sie die Stumme. War sie es wirklich? Das wusste niemand so genau, sie war nicht immer stumm gewesen. Bis zu ihrem zehnten Geburtstag hatte sie gesprochen. Später hatte sie es wie keine andere verstanden ihr Schweigen beredt zu machen. Freude, Traurigkeit, Hass, Liebe, Zärtlichkeit, Wut, Empörung, Hoffnung und Verzweiflung waren in ihren Blicken zu lesen, in jedem ihrer Züge, in ihrer Art, aufzustehen und zu gehen oder auch sitzen zu bleiben, darin, wie sie zuhörte und einen mit ihrem Blick streichelte. Was sie ohne Worte sagte, konnte selbst der dümmste Analphabet aus ihrem Gesicht ablesen.

Sie fehlt mir. Zwar ist sie verstummt, aber ihr Herz hat sich nie verschlossen. Sie hat sich für das Schweigen entschieden. An dem Punkt, an dem ich nun angelangt bin, habe ich das Bedürfnis, ja die Pflicht, ihre Geschichte zu erzählen.

Taub war sie nicht. Sie hörte, verstand alles, was man ihr sagte. Sie war auch nicht verrückt, selbst wenn ihr Benehmen häufig seltsam war. Sie war nicht apathisch, auch wenn sie es endgültig aufgegeben hatte zu sprechen. Trotz ihres Stummseins, verstand sie es die seltenen Momente von Zärtlichkeit im Leben wahrzunehmen und aufmerksam, wachsam, präsent zu sein. Am ersten Tag meines Verhörs bekam ich meine Regel, früher als üblich – sicher weil ich unter Schock stand und wegen all der Gewalt, die ich erfuhr. Als einer meiner Folterer es bemerkte, schrie er: »Diese Nutte pinkelt Blut! Ich werde dir zeigen, was es heißt, Blut zu pinkeln!«, und schlug mich windelweich. Ich fürchtete, er würde mir mit seinen Tritten den Bauch aufreißen, als hätte ich ihn mit meiner Blutung provoziert. Ich hatte schon immer geahnt, dass mir die Regel nur Ärger einbringen würde. Damals war ich knapp zwölf Jahre alt und kam gerade aus der Schule. Auf dem Nachhauseweg spürte ich, mitten auf der

Straße, ein unangenehmes Gefühl, eine Art Ziehen im Unterleib. Meine Unterhose war feucht und die Innenseite meiner Schenkel klebrig. Ich ging schneller, und als ich zu Hause ankam, stürzte ich auf die Toilette. Blut rann an meinen Schenkeln hinab. Ich hatte schon davon gehört, dass Frauen regelmäßig bluten, aber unter Klassenkameradinnen darüber zu reden war etwas ganz anderes, als es zu erleben. Ich geriet in Panik. Ich kann nicht sagen, warum, aber ich fühlte mich schmutzig, schuldig. Sich von der Kindheit, oder zumindest von dem, was davon übrig geblieben war, zu verabschieden und ein für alle Mal zur Frau zu werden, war in unserer Gegend kein Geschenk. Ich blieb eine Weile im Bad eingeschlossen, das kalte Wasser tat mir gut. Schließlich musste ich rauskommen, weil mein kleiner Bruder an die Tür klopfte. Ich hielt mich tapfer. Meine Mutter war gerade dabei, Wäsche zu waschen. Als ich sah, wie sie den Hemdkragen meines Vaters rubbelte, wurde mein Schuldgefühl wegen der blutigen Unterhose noch stärker. Ich traute mich nicht, es ihr zu sagen, obwohl sie nie gewalttätig gewesen war. Sie hat mich nie geschlagen, aber ich habe mich ihr nie nahe gefühlt. Ich wollte nicht werden wie sie, in keinerlei Hinsicht, niemals. Ich wollte nicht, dass sie ihresgleichen in mir sah: eine Frau unseres Viertels. Ich glaubte an eine andere Bestimmung. Mag sein, dass ich in dem Moment nicht genau das dachte, aber ich fühlte mich hilflos, weil ich nun eine Frau war. Noch immer stand ich mit überkreuzten Beinen vor der Toilettentür. Da stand die Stumme auf, kam auf mich zu und gab mir eine Binde. Ich nahm sie, und wir schauten uns in die Augen, ich voller Dankbarkeit und sie zärtlich und verständnisvoll. Mit der Hand strich sie mir über die Wange. Die kurze Berührung gab mir Kraft und eine Gelassenheit, die meine Hilflosigkeit aufwog. Heute habe ich wieder Blutungen, doch die Stumme ist schon lange nicht mehr da. Alle möglichen Bilder rasen mir durch den Kopf und verwirren mich, aber ich muss weitermachen. Lieber Gott, gib mir die Kraft, diesen Bericht möglichst zusammenhängend zu Ende zu bringen.

Ich habe den Wächter gefragt, ob er nicht noch ein Opiumstückchen für mich hat. Und er hat geantwortet, er würde mir am Nachmittag eins bringen. Er hat schöne honigfarbene Augen.

Mein Vater war weder drogensüchtig noch gewalttätig, er nahm unsere Armut und Ohnmacht demütig hin. Er war ein wenig grobschlächtig, wie Bauarbeiter es häufig sind, konnte aber auf seine Weise, wenn auch selten, zärtlich sein. Einmal sagte er, ich würde der Stummen in mancherlei Hinsicht ähneln, ich hätte denselben Charakter; und sie sei, wie ich, sehr gut in der Schule gewesen. Ich wusste, dass er schon mit vierzehn Jahren, nach dem Tod seiner Mutter, angefangen hatte, auf dem Bau zu arbeiten, um für seine Schwester zu sorgen. Immer wieder hatte ich ihn nach seiner Schwester gefragt, aber jedes Mal war er mir ausgewichen. Am zwanzigsten Todestag meiner Großmutter gingen wir wie jedes Jahr auf den Friedhof. Die

Stumme war zu Hause geblieben. Sie verließ das Haus nie, nicht einmal, um ans Grab ihrer Mutter zu gehen. Als wir zurückkamen, setzte sich mein Vater in den kleinen Hof hinter dem Raum, den wir bewohnten. Jedes Frühjahr versuchte meine Mutter, dort Kräuter zu züchten, aber sie gediehen nie. Mein Vater sagte: »Dir fehlt der grüne Daumen«, das kränkte sie. Ich betrachtete meinen Vater, der nachdenklich und seufzend an seiner Zigarette sog, und setzte mich neben ihn. Warum die Stumme stumm geworden war, wollte ich wissen. Und an diesem Tag erzählte er mir, dass ihr Vater drogensüchtig gewesen war – wie die meisten Männer im Viertel – und sie oft geschlagen hatte. Er konnte sehr brutal sein, wenn er auf Entzug war. Vor auf den Tag genau zwanzig Jahren war er spät nach Hause gekommen und hatte angefangen, herumzukrakeelen. Mein Vater, damals noch Teenager, war aufgestanden und aus dem Haus gegangen, weil er das Gebrüll nicht mehr ertragen konnte. Als er am nächsten Morgen in aller Frühe zurückkam, sah er seine Mutter mit dem Tode ringen und seine Schwester halb gelähmt in einer Ecke liegen. Auf der Polizeistation bestritt der Vater, sie geschlagen zu haben. Und als der Polizist meine damals zehnjährige Tante befragte, schaute sie ihren Vater an, machte aber den Mund nicht auf. Ihre Mutter starb an inneren Blutungen. Nach drei Monaten Gefängnis wurde mein Großvater entlassen, sechs Monate später starb er an einer Überdosis. Mein Vater sorgte für seine Schwester, er brachte sie sogar zwei Mal zu Ärzten, die ein schweres Trauma diagnostizierten. Sie weigerte sich strikt, gegen ihren Vater auszusagen, und hat seitdem nie mehr ein Wort gesprochen. Mein Vater hoffte lange, sie könne geheilt werden. Wochen, Monate, Jahre vergingen, doch meine Tante fand die Sprache nie wieder. Er versuchte, ihr Gebärdensprache beibringen zu lassen, aber meine Tante blieb hartnäckig und brach ihr Schweigen nicht. Mein Vater fühlte sich schuldig, denn hätte er damals das Haus nicht verlassen und Schwester und Mutter nicht alleine gelassen, wäre nichts passiert. Er hätte eingreifen und den Vater daran hindern können, die Mutter zu verprügeln. Was mich an jenem Tag berührte, mehr als die Geschichte selbst, war die Stimme meines Vaters. Sie war völlig gefühllos. Er sprach so, als sei Gewalt eigentlich etwas völlig Banales, das alltägliche Los derer, die im Elend leben und sterben. Meine Mutter führte oft einen Spruch im Munde, der mir damals auf die Nerven ging: »Niemand kann gegen sein Schicksal an, jeden trifft das Los, das ihm gebührt, so ist das Leben.«

Ich weiß noch, in jener Nacht war Vollmond, und ich konnte nicht schlafen. Auf dem Vorhang mit dem Rautenmuster, den meine Mutter als Raumteiler aufgehängt hatte, sah ich die Szene vor mir, deren Zeuge meine Tante mit zehn Jahren geworden war, den Mord, der ihr für immer die Sprache verschlagen hatte. Die Stumme lag neben mir, auch sie hatte die Augen geöffnet. Doch die Bilder, die ich auf dem Vorhang sah, verschwanden mit einem Schlag, als das Keuchen meines Vaters und die erstickten Lustschreie meiner Mutter einsetzten, und die Stumme und ich lauschten dem Duett meiner Eltern auf der anderen Seite des Vorhangs.

Mein junger Wärter und Schutzengel hat mir meine Ration Opium gegeben.

»Aus welcher Stadt kommst du?«

»Ich darf nicht mit dir sprechen.«

»Aber das hier darfst du mir geben?«, sagte ich und nahm das zerknüllte Taschentuch.

Die Stumme war nicht wie die andern, sie glich niemandem. Die Leute hielten sie für verrückt, weil ihr Verhalten widersprüchlich war und sie sich freizügig benahm. Sie setzte sich über sämtliche Verbote hinweg. Erst sehr viel später begriff ich, warum sie so anders war. Sie lief immer mit unbedecktem Haupt herum, selbst wenn sie die Haustür öffnete, und das, obwohl sich in unserer Gegend nie eine Frau ohne Kopfbedeckung vor der Tür zeigte – ganz gleich, ob sie verrückt, stumm, blind oder glatzköpfig war –, aus Angst, von einem Passanten gesehen zu werden. In unserem Viertel gab es nur Männer auf der

Straße, die Frauen gingen nie aus, und selbst im Haus trugen sie immer ein Tuch um den Kopf, wie meine Mutter. Die Stumme, die sich stets in lange bunte Gewänder kleidete, barfuss und mit zwei langen geflochtenen Zöpfen, die ihr bis zur Brust reichten, umherging, war genauso frei wie ein Mann und ebenso gründlich wie eine Frau; sie konnte eine kleine Ewigkeit damit verbringen, ihre Fußnägel zu lackieren oder sich vor dem Spiegel die Augen zu schminken. Außerdem rauchte sie, sie steckte sich eine Zigarette in den Mundwinkel und hielt sie zwischen den Zähnen, während sie Geschirr spülte oder Wäsche wusch; sie zog daran wie Pokerspieler in amerikanischen Filmen. Ich sah ihr gern zu. Ihr ganzes Wesen faszinierte mich. Nach allem, was sie mit zehn Jahren erlebt hatte, hatte sie vor nichts mehr Angst, sie lebte nach ihrer Fasson. Manchmal war sie aber auch von einer Traurigkeit erfüllt, die so dunkel und tief war wie die Wasser des Ozeans. Dann zog sie sich ganz in sich zurück, und niemand durfte sich ihr nähern. Anschließend war sie wieder fröhlich und unbeschwert und sah aus wie ein kleines, Freude sprühendes Mädchen, das nichts vom Leben weiß. Die Tatsache, dass sie stumm war, verlieh ihr Freiheiten, die sie wohl nicht gehabt hätte, wenn sie geredet hätte. Stumm sein bedeutete schon an sich, nicht wie die andern zu sein, ihr Stummsein weckte den Argwohn der andern. Sie war unerhört anders und besaß ein ungewöhnliches Talent, sich Feinde zu machen. Sie galt als böse, als wilde Frau, auf der ein Fluch lastete. Im Viertel wurde viel über sie getratscht, es hieß, wir würden in unserem Haus eine Teufelin versteckt halten, eine Zauberin, die alle ringsherum mit einem Bann belegte.

Ich war eines der wenigen Mädchen in unserem Viertel, das zur Schule ging. Viele Familien hatten nicht das Geld, um ihre Kinder in die Schule zu schicken. Außerdem lag die nächste Schule ziemlich weit entfernt, meine Mutter machte sich immerzu Sorgen, weil ich durch Straßen gehen musste, in denen es von Dealern nur so wimmelte, aber mein Vater bestand darauf, dass ich weiter zur Schule ging, und auch die Stumme. Wir lebten in einer ziemlich heruntergekommenen Straße in einem trostlosen Viertel, aber dafür, dass wir arm waren, waren meine Schwester, mein Bruder und ich immer gut gekleidet, was uns die neiderfüllten und feindseligen Blicke der Nachbarinnen eintrug. Die Stumme war eine ausgezeichnete, vielleicht ein wenig zu fantasievolle Schneiderin. Mein Vater war damals

Lastwagenfahrer, er arbeitete für eine Transportfirma, aber er hatte selten Aufträge, weil er keinen eigenen Laster besaß. Gelegentlich fuhr er Stoffballen oder Kleider, manchmal brachte er auch welche mit nach Hause. Dann trennte die Stumme die Kleider auf und nähte daraus herrliche Sachen. Sie schneiderte mir ein rotes Kleid, das ich über alles liebte, aber meine Mutter erlaubte nicht, dass ich es draußen trug; sie sagte, es sei zu auffällig, dabei hätte ich es so gern allen gezeigt. Unser sauberes und gepflegtes Aussehen, das wir dem Talent der Stummen verdankten, erfüllte mich mit Stolz und einem Gefühl der Überlegenheit. Obwohl wir nie Geld genug besaßen, habe ich mich nie arm gefühlt; und obwohl wir arm waren, hatte ich eine glückliche Kindheit. Ich liebte meinen Vater, ich vergötterte die Stumme und hatte Mitleid mit meiner Mutter. Die Liebe der Stummen, die sich von allen anderen Frauen unterschied, gab mir wiederum das Gefühl, selbst anders zu sein als die andern Kinder. Ich war auserwählt. Meine Mutter mochte die Stumme nicht, duldete sie aber, davon abgesehen hatte sie keine Wahl; sie war eifersüchtig auf die zarte Liebe, die meinen Vater und seine Schwester verband, vielleicht aber auch auf meine Zuneigung für die Tante.

Heute hat mir der Wärter zu meiner Ration Opium auch noch einen Bonbon gereicht. Mit Minzgeschmack. Ich ließ ihn auf der Zunge zergehen, ohne ihn zu lutschen, damit der Genuss so lange wie möglich anhielt. Ein Bonbon, den man in einer dunklen Zelle lutscht, ist wie eine Erinnerung an das Leben.

An einem eisigen Dezembertag kam mein Onkel vom Militärdienst zurück. Wir hatten nicht mit ihm gerechnet. Es war nachmittags, ich fegte gerade das Schlafzimmer, denn ich kümmerte mich schon seit einigen Monaten um den gesamten Haushalt. Die Stumme saß wie angewurzelt auf der Erde, stand nur auf, um zur Toilette zu gehen. Sie hatte sich aus dem Leben zurückgezogen. Meine Eltern, vor allem mein Vater, machten sich große Sorgen um sie. Es war entsetzlich, sie den ganzen Tag so in der Ecke hocken zu sehen.

Eines Tages, als ich ihr zum Mittagessen ihren Teller brachte, sah sie mir unverwandt in die Augen, als würde sie mich anflehen; ich konnte ihren düsteren Blick, der mir das Herz brach, nicht ertragen, stellte den Teller ab und senkte den Blick. In ihren Augen lag eine Mischung aus Angst und Schwermut, etwas, das dem Wahnsinn sehr nahe schien. Es war das erste und einzige Mal, dass ich vor ihr Angst hatte, Angst davor, mit ihr allein zu sein.

Es hatte in einer Winternacht begonnen, in der es stark geschneit hatte. Die Kälte hatte mich geweckt, ich hatte die Decke über den Kopf gezogen und mich an die Stumme schmiegen wollen, um mich an ihr zu wärmen, aber ihr Lager war leer und kalt. Ich schlug die Augen auf, sie war nicht da, und die Glastür zum Hof war geöffnet. Ich stand auf, um sie zu schließen, da sah ich im Dunkeln einen Körper im Schnee liegen. Mich überkam Furcht, doch dann begriff ich, dass sie es war. Ich zog mir Schuhe an und ging hinaus. Meine Zähne klapperten vor Kälte. Ihre Beine waren nackt, ich versuchte, ihr aufzuhelfen, zog sie am Arm, aber sie wehrte sich. So rutschte ich aus und fiel hin. Zunächst hielt ich das Ganze für ein Spicl. Aber du wirst vor Kälte sterben, sagte ich zu ihr. Mit der Hand stopfte sie sich Schneebälle zwischen die Schenkel, als wäre sie betrunken, trunken vor Liebe, dem Wahnsinn verfallen. Für einige Sekunden sah ich, wie sie sich mit den Fingern den Schnee ins Geschlecht stopfte, dieser Anblick erschreckte mich. Erneut versuchte ich, sie hochzuziehen, aber sie stieß mich fort, und ich fiel wieder hin; mittlerweile waren auch meine Eltern wach geworden, sie standen auf der Türschwelle und sahen uns verdutzt und vorwurfsvoll an. Die Stumme fuhr fort, sich Schnee in die Scham zu stecken, kehrte aber glücklicherweise meinen Eltern den Rücken zu, und im Dunkeln konnten sie nicht sehen, was sie tat. Ich stürzte mich auf sie, um die Bewegungen ihrer Hand zu verdecken. Mein Vater holte sie herein, sie schien nicht mehr bei sich zu sein und ließ alles mit sich geschehen. Meine Mutter flehte unentwegt Gott an, was meinem Vater und mir furchtbar auf die Nerven ging. Sie zog der zitternden Stummen das nasse Kleid aus, auch ich zitterte. Es war das erste Mal, dass ich sie ganz nackt sah; ihre Brustwarzen waren hart, und von ihrem Körper ging eine solche Erotik, Sexualität, ein solches Begehren aus, dass meine Mutter und ich tiefe Scham empfanden. Meine Mutter zog sie rasch wieder an.

Schon in dieser Nacht, als sie wieder neben mir lag, spürte ich, dass sie nicht mehr dieselbe war. Am nächsten Tag war sie krank, glühte vor Fieber. Sie wurde von heftigen Bauchkrämpfen geschüttelt. Mein Vater glaubte, sie würde sterben. Das Fieber dauerte lange, mehrere Wochen, an. Eines Nachts, als sie besonders unruhig war, legte ich ihr die Hand auf die Stirn; sie ergriff sie, ich legte mich neben sie. Als ich am nächsten Morgen aufwachte, hielt sie sie noch immer fest.

Nach ihrer Krankheit war die Stumme verändert; man hätte meinen können, es habe sich eine Verwandlung vollzogen. Wenn man etwas zu ihr sagte, hörte sie nicht mehr zu, als würde sie nichts begreifen, sie kämmte mir nicht mehr das Haar, kochte nicht mehr, kümmerte sich um nichts, schneiderte nicht mehr; sie bewegte sich nicht mehr, sah uns nicht mehr an. Den ganzen Tag verbrachte sie in einer Ecke des Zimmers auf dem Kelim, und wenn sie genug gesessen hatte, legte sie sich an derselben Stelle nieder. Die Medikamente, die der Arzt ihr verschrieben hatte, bewirkten, dass sie viel schlief, doch manchmal setzte sie sich mitten in der Nacht auf und schaute durchs Fenster auf die Mauer im Hof. Auch ich war auf der Lauer, ich wartete auf eine Geste, ein Zeichen von ihr, aber mit jedem Tag entfernte sie sich ein Stück weiter von uns, ihr Blick war leer, ihr Schweigen bedrückend. Die Zeit um sie herum dehnte sich endlos aus, eine Aura aus Geheimnis und Tod umgab sie, ich konnte es geradezu spüren. Die Last ihres Schweigens, das sich seit Jahren angesammelt hatte, schien sie zu erdrücken, in den Wahnsinn zu treiben. Ich beobachtete sie, folgte ihrem Blick, aber er blieb nirgends haften, schien beständig in die Ferne zu schweifen. Minutenlang musterte ich ihr Gesicht und glaubte, ihre Einsamkeit zu spüren, die Tiefe des Abgrunds wahrzunehmen, in den sie gestürzt war: eine dunkle, unergründliche Leere. Sie schien nicht mehr unter uns zu sein, ich weinte und betete zu Gott, dass die Stumme ins Leben zurückkehren möge. Doch es war nicht Gott, sondern mein Onkel, der sie uns wiedergab: Es war die Liebe, die die Stumme ins Leben zurückbrachte, ihre Liebe zu meinem Onkel.

Ich habe erfahren, dass du gehängt werden sollst«, hat mir der Wärter gesagt, als er mir meine Mahlzeit und das Stück Taschentuch gereicht hat.

»Ich weiß.«

»Hast du denn keine Angst?«

»Weiß nicht.«

Er wird wohl um die zwanzig sein; ich mit meinen fünfzehn Jahren bin so alt wie die Ewigkeit. Wie viele Tage und Nächte mögen es noch bis zur Hinrichtung sein, keine Ahnung. Aber egal, ich werde weiter schreiben und hoffe, dass mir genügend Zeit bleibt, meinen Bericht zu Ende zu bringen. Bald werde ich nicht mehr auf der Welt sein, doch was der Tod ist, weiß ich nicht. Manchmal bin ich am Ende meiner Kräfte, ich wünsche mir, dass die Geschichte, die ich diesem Heft anvertraue, mich überleben wird. Das Schreiben hilft mir, weiterzuleben, auch wenn hinter dieser Zellentür der Tod auf mich lauert.

Am Ende der Straße wohnte mein Onkel zusammen mit meinem schwer kranken Großvater. Er spottete über alles, rauchte viel Haschisch und sah aus wie ein richtiger Filmstar. Sehr attraktiv. Abends, bevor er nach Hause ging, kam er gelegentlich zu uns. Einmal erzählte er eine lustige Geschichte über einen Kameraden beim Militär und imitierte dabei seinen Azeri-Akzent. Derweil saß die Stumme in ihrer Ecke und schien zuzuhören, auf ihrem Gesicht, das seit ihrer Krankheit keinerlei Regungen mehr zeigte, zeichnete sich plötzlich ein Lächeln ab: Nachdem sie seit Monaten nicht mehr auf uns reagiert hatte, hörte sie auf einmal meinem Onkel zu. Ihre Augen leuchteten.

Tags darauf war die Stumme aufgestanden, hatte sich gewaschen und umgezogen. Jeden Abend weckten der kurze Besuch meines Onkels, seine Stimme, seine Anwesenheit aufs Neue die Lebensgeister in ihr. Schon am Nachmittag begann sie unruhig im Zimmer auf und ab zu gehen oder ungeduldig im Hof umherzulaufen. Ihr Gesicht war dabei so ausdrucksvoll, dass man meinen konnte, sie würde gleich anfangen zu sprechen, irgendetwas sagen. Sobald es an der Tür klingelte, beruhigte sich die Stumme wieder, sie setzte sich hin, und während der ganzen Zeit, da mein Onkel bei uns weilte, seinen Kaffee trank und ein paar Witze erzählte, rührte sie sich nicht von der Stelle und hörte aufmerksam zu. Eines Nachts, lange nach seinem Aufbruch, als wir bereits schliefen, läutete es wieder. Die Stumme öffnete die Tür, es war mein Onkel; meine Mutter stürzte auf ihren Bruder zu; er sagte, ihr Vater sei eben gestorben. Das war an sich keine schlechte Nachricht, denn mein Großvater war wegen seiner Invalidität eine schwere Belastung für uns, gerade für meine Mutter und meinen Onkel, die ihn pflegten; in gewissem Sinne war es sogar eine Erleichterung. Daher staunte ich über die Tränen meiner Mutter, die am Boden zerstört wirkte; meinem Onkel war dieser übertriebene Gefühlsausbruch genauso zuwider, zumal er selbst weder Tränen noch Trauer zeigte. Seine Gelassenheit war allerdings ebenso verstörend. Offenbar hatte er im Krieg zu viele junge Menschen sterben sehen, als dass ihn der Tod eines alten Invaliden, und sei es der des eigenen Vaters, aus der Ruhe gebracht hätte. Was meinen Vater anging, so machte er eine betroffene Miene und versuchte meine Mutter mit ungeschickten Worten zu trösten: Na komm, ist doch nicht schlimm. In seiner Naivität lag eine solche Komik, dass ich eilig auf den Hof lief, damit meine Mutter mich nicht in Gelächter ausbrechen sah.

Am nächsten Tag wurde mein Großvater auf der billigsten Parzelle des Friedhofs beerdigt: Selbst unter der Erde bestanden die Klassenunterschiede weiter. Jeden Freitag ging meine Mutter zum Beten ans Grab ihres Vaters, einen einfachen Erdhaufen. Gern hätte sie ihm einen Grabstein gekauft, aber der war teuer. Sie nahm mich immer mit; mein Onkel begleitete uns, um seiner Schwester einen Gefallen zu tun. Sie brachte jedes Mal mehrere Flaschen Wasser mit, um das Grab meines Großvaters zu gießen; einmal sagte mein Onkel zu ihr: Ich will dir ja nicht deine Illusionen nehmen, aber dein Vater wird davon nicht wachsen. Darauf weinte meine Mutter noch heftiger und beschimpfte ihren Bruder: Schämst du dich nicht, vor dem frischen Grab deines Vaters Scherze zu machen. Sie sagte, wenn man die Toten mit Wasser begieße, litten sie keinen Durst. Mein Onkel und ich unterdrückten ein Lachen. Meine Mutter war sehr gläubig und ging regelmäßig in die Moschee; und – so sehr mir diese Worte wehtun – sie war auch ziemlich dumm. Es tat weh, sie als Mutter zu haben; und ihre Dummheit sollte uns alle noch teuer zu stehen kommen.

Nach dem Tod meines Großvaters schaute mein Onkel häufiger bei uns vorbei, er aß zu Mittag und zu Abend mit uns. Der Stummen ging es derweil zusehends besser. Sie wurde wieder gesund, war lebendiger als zuvor, ihre Augen leuchteten wie Lichtreflexe auf dem Wasser. Sie hatte angefangen, im Hof Kräuter und Blumen anzupflanzen; sie kümmerte sich jeden Tag um das Beet, goss es, rupfte Unkraut… Meine Mutter sagte zu ihr: Ich habe es bestimmt ein Dutzend Mal probiert, hier wächst nichts, die Erde taugt nichts. Aber in diesem Jahr gedieh alles: Radieschen, Basilikum und Rosen. Meine Mutter war neidisch.

Eines Abends kam wie üblich mein Onkel vorbei, er war in Eile, ließ uns seine Schmutzwäsche da und verschwand darauf gleich wieder. Nach seinem Weggang hatte sich auch die Stumme hinausgeschlichen. Als sie nicht zurückkam, suchte ich sie im Hof. Sie stand in einer Ecke, das Gesicht zur Mauer, als wollte sie sich verstecken. Ich kam näher, um zu sehen, was sie da eigentlich machte, so im Halbdunkel. Sie hatte sich das Hemd meines Onkels übers Gesicht gelegt und atmete seinen Geruch ein. Damals hielt ich das für ein Spiel, aber ich hatte trotzdem Angst, meine Eltern könnten sie dabei sehen.

In der Zelle ist es ganz still, ich höre nur die Schläge meines Herzens, die Dämonen der Vergangenheit springen mich an, ich habe Angst, ich ersticke, ich will nicht mit diesem Hass sterben, der mich erfüllt und mich auszehrt, ich will nicht mit diesem tief in mir eingegrabenen Schmerz gehängt werden. Ich will ihn nicht mit ins Grab nehmen, sondern in Frieden sterben, befreit, ich muss mir den Schmerz aus dem Herzen reißen, meinen Hass in dieses Heft bannen.

Woran auch immer in meiner Kindheit ich denke, stoße ich auf das Bild der Stummen. Sie kämmt mir ausgiebig das Haar und flicht mir dann zwei lange Zöpfe, genau wie ihre. Sie fragt meine Hausaufgaben ab, klatscht dann in die Hände und umarmt mich manchmal so stark, dass ich nicht mehr weiß, wo mein Körper aufhört und ihrer anfängt. Uns verband eine symbiotische Liebe, sie sah in mir das kleine Mädchen, das sie einst gewesen war. Diese Frau, ihre Gegenwart, ihre Art, im Schweigen zu leben, haben tiefe Spuren in mir hinterlassen. Ihr Leben, ihre Geschichte sind mit meinem Schicksal untrennbar verbunden, aber all das wusste ich damals noch nicht; ich ließ es zu, dass sie mir das Haar kämmte, es gefiel mir. Ich fühlte mich von ihren Händen behütet, beschützt, wir waren Komplizinnen, verbunden durch eine Art Alchimie, ohne Worte. Sie zog mich groß, denn meine Mutter, die Arbeiterin war, ging morgens aus dem Haus und kam abends erschöpft zurück. Wenn wir allein waren, bat sie mich, ihr laut die Märchen aus Tausendundeiner Nacht vorzulesen, die mein Vater ihr geschenkt hatte. Ich schlüpfte gern in die Rolle der Scheherazade.

Trotz des Fiebers sind die Bilder und Erinnerungen in meinem Kopf noch scharf umrissen und ungetrübt. Ich erinnere mich ausgezeichnet an den Tag, da mich eine erste Ahnung hinsichtlich der Stummen und meines Onkels beschlich. Damals kam ich gerade von der Schule nach Hause; auf der Straße war ich meinem Onkel begegnet; die Stumme war allein zuhause, sie sah ungewohnt fröhlich aus. Der Geruch der Kartoffelpuffer, die sie uns zum Mittagessen vorbereitet hatte, weckte in mir einen Bärenhunger.

Eilig deckte ich den Tisch. Mein kleiner Bruder und meine kleine Schwester waren ebenfalls hungrig. Ungeduldig warteten wir, dass sie die Kartoffelpuffer brachte und uns bediente, aber sie ließ uns warten. Ich ging in die Küche und sagte ihr vorwurfsvoll: Worauf warten wir noch? Da packte sie mich an den Schultern und schob mich unsanft aus der Küche. Es war das erste Mal, dass sie mich so behandelte. Ich ging in eine Ecke, um zu schmollen; mir war klar geworden, dass irgendetwas vorgefallen war. Nach langem Warten kam schließlich mein Onkel, und die Stumme brachte endlich die Kartoffelpuffer. Sie aß nichts, aber verschlang meinen Onkel mit den Augen, ihre Wangen glühten: Sie war verliebt, mit der ganzen Leidenschaft eines reinen, jungfräulichen Herzens von neunundzwanzig Jahren. Sie strahlte eine ungeheuere Kraft aus. Für eine Frau zeigte die Stumme ihr Begehren allzu deutlich; in ihren Augen lag ein zügelloses Verlangen, wenn sie den Blick auf meinen Onkel richtete, der mit seinen zweiundzwanzig Jahren nichts von Frauen verstand. Er kaute seine Kartoffelpuffer und zeigte ihr die kalte Schulter, vielleicht weil sie stumm war und sieben Jahre älter als er.

Von dem Tag an schaute ich mich nach der Schule stets nach meinem Onkel um, der häufig mit einer Bande von Herumtreibern aus dem Viertel zusammen war; und wenn ich ihn entdeckte, rief ich ihm zu: Komm doch heute zu uns zum Mittagessen.

Was schreibst du da in dein Heft?«

»Es dauert zu lange, das zu erzählen.«

Heute habe ich wieder einen Bonbon von meinem Wärter bekommen. Meine letzte Wegzehrung.

Wir hatten die Trauerfeier für meinen Großvater nicht bezahlen können. Die Leute aus dem Viertel sagten, wir hätten ihn wie einen Hund begraben. Um dem üblen Gerede Einhalt zu gebieten und den Respekt der Leute zurückzugewinnen, bat meine Mutter den Mullah der Moschee, freitagmorgens zu uns zu kommen, um das Totengebet zu sprechen. Meinem Vater und meinem Onkel gefiel der Gedanke nicht, dass ein Mullah das Haus betrat, sie sagten, das brächte Unglück, aber meine Mutter entgegnete, sie bezahle dies aus eigener Tasche, und schließlich ginge es um den Ruf ihres verstorbenen Vaters. Jeden Freitagmorgen klingelte also um zehn Uhr der Mullah an der Tür; er blieb zehn Minuten, solange wie er brauchte, um ein paar Koranverse auf Arabisch aufzusagen und eine Tasse Tee zu trinken, worauf er sein Geld einstrich und verschwand. Meine Mutter hatte mir aufgetragen, während des Gebets ein Auge auf die Stumme zu haben, damit sie nicht mit unbedecktem Haupt vor dem Mullah erschien. Bis zu seinem Aufbruch warteten wir entweder im Hof oder auf der anderen Seite des Zimmers hinter dem Raumteiler. Eines Morgens wickelte ich gerade meine kleine zweijährige Schwester, sie entschlüpfte mir und lief mit ihrem kleinen nacktem Hintern zu dem Mullah, der beleidigt reagierte und meiner Mutter Vorhaltungen machte: Die Erziehung eines Mädchens zur Schamhaftigkeit müsse schon in der Wiege beginnen. Meine Mutter stammelte ein paar Entschuldigungen und stand auf, um meine kleine Schwester einzufangen, die durch den Raum lief und lachend umherhopste. Ich schlang mir ein Tuch um den Kopf und eilte ihr zu Hilfe; da hob der Mullah verärgert die Stimme und rief plötzlich, unser Haus sei wirklich kein anständiges Haus. Die Stumme stand mit unbedecktem Kopf vor ihm, und meine kleine Schwester warf sich ihr in die Arme.

»Es ist die Schwester meines Mannes, sie ist nicht ganz bei Trost, sie ist taubstumm und versteht nichts, vergeben Sie ihr, ich behalte sie aus Nächstenliebe bei mir, sonst würde sie auf der Straße leben.«

Ich traute meinen Ohren nicht, meine Mutter schlug einen flehenden Ton an.

Die Stumme warf meiner Mutter einen feindseligen Blick zu, wandte sich ab und ging mit meiner Schwester im Arm auf den Hof. Nach diesem Zwischenfall zwang uns meine Mutter jeden Freitagmorgen, während des Gebets im Hof zu bleiben und die Tür abzuschließen. Mein Vater verließ das Haus, bevor der Mullah eintraf.

Wie heißt du?«

»Besser, du weißt es nicht.«

»Hast du etwa Angst, dass ich dich bei meinen Folterern denunziere?« fragte ich ihn, während ich mein Essen zu mir nahm.

Ich hätte den Zwischenfall und die Zeit, als der Mullah jeden Freitag zu uns kam, um das Totengebet zu sprechen, wahrscheinlich gar nicht so genau in Erinnerung behalten, auch wenn mein Onkel den Mullah allabendlich imitierte und sich über meine Mutter und ihre Frömmelei lustig machte – nein, ich hätte mich an nichts von alldem erinnert, wenn jener Freitagmorgen unser Schicksal nicht so schlagartig verändert hätte: das der Stummen und das meine. Meine Mutter empfand die Scherze meines Onkels als gotteslästerlich.

Eines Morgens kam der Mullah später als sonst; mein Onkel war schon bei uns, er wollte mit uns zu Mittag essen. Gegen zwölf klingelte es, ich ging an die

Tür, aber meine Mutter rief: Gib mir meinen Tschador, und geht alle in den Hof. Mein Onkel kam mit, um dem kleinen Frömmigkeitskrämer, wie er ihn nannte, nicht begegnen zu müssen. Im Hof häkelten die Stumme und ich jeden Freitagmorgen Topflappen, um uns die Zeit zu vertreiben. Ich holte die Wollknäuel heraus, aber diesmal schüttelte sie den Kopf, sie hatte nur Augen für meinen Onkel, offensichtlich wäre es ihr tausendmal lieber gewesen, wenn ich nicht da gewesen wäre, um mit ihm allein zu sein. Mein Onkel hatte sich eine Zigarette angesteckt, und die Stumme ging zu ihm hinüber; nie zuvor hatte sie so begehrenswert ausgesehen. Gut, mit meinen damals knapp zwölf Jahren wusste ich noch nichts von der Liebe, aber hier brauchte man nichts zu wissen, es sprang einem ins Auge. Wie sie meinen Onkel ansah, ihm die Zigarette aus dem Mund nahm und sie sich dann zwischen die Lippen steckte! Ich war wie gebannt von dieser Szene. In dem Moment dachte ich, dass die Stumme es wirklich übertrieb, es gab mir einen Stich, diese Eifersucht ließ sich schlecht erklären. Ich hatte seit langem begriffen, dass meine Tante Gefühle für meinen Onkel hegte, so naiv war ich nicht, aber die Erotik, die sie ausstrahlte, ihre Art zu gehen, sich ihm zu nähern, ihm in die Augen zu sehen und ihm mit ihren schmalen Fingern die Zigarette aus dem Mund zu nehmen, um sie sich in den eigenen Mund zu stecken, das war schon was. Es war wie im Kino, und in meinem Kopf ging die Szene noch weiter. Dutzende Male hatte ich mir vorgestellt, dass mein Onkel meine Tante nach einem Zug in die Arme nahm und leidenschaftlich küsste, wie im Film. Dabei überkamen mich so starke Empfindungen, als wäre ich selbst verliebt gewesen. In Wirklichkeit hat es diesen Kuss nie gegeben; vielleicht wäre etwas passiert, wenn ich nicht mit im Hof gewesen wäre, aber meine Anwesenheit verunsicherte meinen Onkel offenbar, denn er sagte ziemlich unbeholfen: Behalt sie ruhig, ich zünde mir eine neue an, während er sich von der Stummen entfernte und auf mich zukam. Was für ein Trottel!, schoss es mir durch den Kopf.

Jeden Tag warte ich darauf, dass mein Wärter vorbeikommt. Seine kurzen Besuche geben meiner Einsamkeit eine Gestalt. Er sieht sanft aus. Sicher absolviert er seinen Militärdienst. Heute wirkt er ernst, er hat mir wortlos meine Ration gegeben.

Ich glaube, ich habe meine Mutter nie geliebt, aber als Kind habe ich nicht gewagt, es mir einzugestehen; manchmal hatte ich auch Schuldgefühle, weil ich die Stumme mehr liebte als sie, als würde ich sie verraten. Nach allem, was sich ereignet hat, habe ich begriffen, dass ich sie nie geliebt habe. Davon abgesehen: sie mich auch nicht, sie hat mich auch nicht geliebt. Sie hatte beschlossen, bis Neujahr Trauer zu tragen. Außerdem wollte sie einen gebundenen Koran kaufen, weil der meines Großvaters, den sie geerbt hatte, sehr alt war. Mein Onkel sagte: Je älter, desto wertvoller. Die Leute im Westen mögen alte Gegenstände sogar lieber, selbst wenn sie in schlechtem Zustand sind. Meine Mutter antwortete, dass der Koran kein Gegenstand, sondern ein heiliges Buch sei und dass die Leute aus dem Westen ohnehin nichts vom Koran verstünden, sei er nun alt oder neu. Mein Onkel erwiderte: Ach, und du verstehst etwas davon? Kannst du neuerdings lesen?

Seit dem Tod meines Großvaters hatten sie häufig Streit. Mein Onkel hatte ein gebrauchtes Videogerät gekauft und lieh von Zeit zu Zeit Filme aus, aber meine Mutter wollte nichts davon wissen, weil sie meinte, die Filme aus dem Westen würden uns verdummen und hätten einen schädlichen Einfluss. Die Stumme, mein Onkel, einige Freunde und ich hatten jedenfalls unsere Kinoabende. Aber meine Mutter sagte zu ihrem Bruder, es sei nicht gut, uns gemeinsam mit den Jungs aus dem Viertel Filme zu zeigen, worauf mein Onkel antwortete, er wisse schon, was er tue, und er würde uns nicht mitnehmen, wenn er der Meinung wäre, dies wäre kein Film für uns. Manchmal veranstaltete er auch Vorführungen, bei denen die Jungen unter sich blieben, um sich erotische oder pornographische Filme anzusehen. Ich liebte unsere Kinoabende. Die Stumme röstete Kürbiskerne oder Melonenkerne, die sie zuvor gesalzen und in der Sonne getrocknet hatte; sie bereitete auch Sirup vor. Mein Onkel behielt während der ganzen Vorführung die Fernbedienung in der Hand, und sobald es eine Szene mit Küssen oder nackten Körpern gab, spulte er zur nächsten Szene weiter. Seine Kumpels regten sich auf: Mensch, du nervst, lass es uns doch ansehen. Aber mein Onkel erwiderte: Ihr habt gut reden, eure Schwestern sind ja nicht dabei. Seine Freunde sagten darauf: Dann bring sie halt nicht mit, die beiden, und lass uns in Ruhe den Film gucken. Worauf mein Onkel versetzte: Sie sind aber da, und wenn ihr nicht einverstanden seid, könnt ihr ja gehen, die Tür steht offen, und soweit ich weiß, habt ihr keinen Eintritt bezahlt. Ich bewunderte meinen Onkel dafür, denn er gab nicht nach und opferte lieber ein paar Szenen, als die Stumme und mich von den Kinoabenden auszuschließen. Für nichts auf der Welt hätten seine Kumpels ihre Schwestern mitgenommen, aus Angst, man könne sie im Viertel als ehrlos bezeichnen. Ich war mir sicher, dass auch sie große Lust hatten, an unseren Kinoabenden teilzunehmen. Also erzählte ich zwei Freundinnen, die die Schwestern der Freunde meines Onkels waren, von dem Film, den wir tags zuvor gesehen hatten, zumindest das, was ich verstanden hatte, denn die Filme waren auf Englisch ohne Untertitel, aber wir konnten dem groben Handlungsablauf folgen. Ohne sie gesehen zu haben, erzählte ich detailliert von den erotischen Szenen. Meine Freundinnen, die ganz grün vor Neid waren, hörten mir fassungslos zu: Dein Onkel lässt dich all diese Szenen zusammen mit den Jungs aus dem Viertel anschauen? Und ich log ganz selbstverständlich weiter, zuckte mit den Achseln. Ich ahnte ja nicht, welche Folgen dies haben sollte.

Heute ist mein Wärter nicht vorbeigekommen. Ich habe Entzugserscheinungen. Die Schmerzen sind zurückgekehrt. Ich hoffe, er hat meinetwegen keine Schwierigkeiten.

Nach einiger Zeit schöpfte auch meine Mutter Verdacht und beobachtete das Verhalten der Stummen, wenn mein Onkel im Hause war. Sie wollte sie um jeden Preis von ihrem Bruder fern halten. Gelegentlich hatte ich einen argwöhnischen Blick aufgeschnappt und gehört, wie sie zu meinem Vater sagte:

»Es ist nicht gut, dass die Stumme und deine Tochter mit den Jungen diese Filme anschauen.«

»Lass sie ein wenig leben, dein Bruder ist ja dabei.«

»Die Leute reden schon.«

»Man darf nicht zu viel auf das Geschwätz der Leute geben.«

»Man kann die Tore einer Stadt verschließen, aber nicht den Mund der Leute.«

»Eben, hör nicht auf ihren Tratsch.«

Die Leute erzählten, mein Onkel würde uns, also der Stummen und mir, in Anwesenheit der Männer aus dem Viertel pornographische Filme zeigen, und das Haus meines Großvaters habe sich nach seinem Tod in ein Bordell verwandelt. Nachdem meine Mutter von diesen Gerüchten gehört hatte, verbot sie uns, noch einen Fuß in das Haus meines Onkels zu setzen. Eines Abends kreuzten zwei Männer vom Revolutionskomitee bei ihm auf; zum Glück waren die Jungs unter sich und sahen einen Karatefilm an. Trotzdem wurde das Videogerät beschlagnahmt. Ich fühlte mich mitschuldig, behielt es aber für mich, dass ich meinen Freundinnen erotische Szenen geschildert hatte.

Ich bin erleichtert, heute ist der Wärter wiedergekommen. Ich habe meine Ration erhalten, ohne Bonbons, ohne ein Wort.

Von Zeit zu Zeit kamen einige Nachbarinnen bei uns zusammen, um Gemüse zu putzen und dabei zu schwätzen. Im Allgemeinen beschränkten sich ihre Unterhaltungen darauf, über die anderen Frauen des Viertels herzuziehen. Das beschäftigte sie und ließ sie in dem Glauben, sozialen Austausch zu haben. Ihre Treffen fanden immer bei uns statt; dabei hatten wir nur einen Raum, und zwei Frauen, deren Männer im Gefängnis saßen, blieben jedes Mal bis zum Abend. Ich mochte unsere Nachbarinnen nicht, sie sahen die Stumme argwöhnisch an, und ich spürte, dass sie einen schlechten Einfluss auf meine Mutter hatten. Einige Male fragte ich empört: Warum finden die Treffen immer bei uns und niemals bei einer von ihnen statt? Ich kann mich nicht konzentrieren und meine

Hausaufgaben machen. Denn sie redeten meistens alle durcheinander und machten einen ohrenbetäubenden Lärm. Doch meine Mutter schimpfte mich aus und versetzte, wenn ich wirklich fleißig und konzentriert wäre, würde ich nicht einmal hören, wenn ein Gewitter losbräche. Also versuchte ich meine Hausaufgaben zu machen, trotz ihrer Anwesenheit und trotz des Stimmengewirrs. Die Stumme setzte sich nie dazu, sie flüchtete in unsere kleine Küche, setzte Wasser für den Tee auf, kochte, oder aber sie kümmerte sich um die Kräuter und Blumen, die sie im Hof gepflanzt hatte. Eines Tages, ich machte gerade meine Hausaufgaben, war mir, als wäre mehrmals das Wort ›die Stumme‹ gefallen. Ich war beunruhigt und lauschte, um herauszufinden, was sie über meine Tante reden mochten. Da hörte ich, wie eine unserer Nachbarinnen, eine bigotte Frau, die jeden Freitag zur Moschee ging und deren Bosheit im gesamten Viertel berüchtigt war, zu meiner Mutter sagte:

»Du weißt, es ist nicht gut, dass dein Bruder jeden Abend bei euch vorbeikommt, wo doch deine Schwägerin bei euch wohnt und nicht einmal ein Tuch um den Kopf trägt; die Leute reden schon und erzählen sich seltsame Dinge; es ist nie gut, die Leute zu provozieren – selbst wenn sie stumm ist, schließlich ist sie eine Frau.«

»Aber was soll ich denn machen? Ich kann meinem Bruder doch nicht verbieten, mich zu besuchen; er lebt allein und hat sonst niemanden; was meine Schwägerin angeht, so habe ich sie seit meiner Hochzeit am Hals, aber ich kann von meinem Mann nicht verlangen, sie auf die Straße zu setzen. Jedenfalls sind die beiden nie allein, und mein Bruder kommt immer nur für ein paar Minuten vorbei, bevor er zu sich nach Hause geht.«

»Doch, manchmal sind sie allein. Ich habe mit eigenen Augen gesehen, wie dein Bruder mehrmals zu Mittag hierhergekommen ist, während du noch bei der Arbeit warst und dein Mann unterwegs war.«

»Aber sie ist auch da«, wandte meine Mutter ein, den Blick auf mich gerichtet, »und außerdem, mal ganz ehrlich, kannst du dir vorstellen, dass mein junger attraktiver Bruder sich für ein altes stummes Mädchen interessiert, das sieben Jahre älter ist als er?«

Ich war empört, sie so reden zu hören, aber ich hielt den Blick gesenkt und tat, als würde ich meine Hausaufgaben machen. Plötzlich schwiegen alle. Die Stumme stand im Raum, ein Tablett mit Tee in der Hand; sie stellte es neben meine Mutter auf den Boden, nickte und ging auf den Hof. Die Frauen, meine Mutter inbegriffen, folgten ihr mit dem Blick.

»Ich wiederhole nur, was ich im Viertel gehört habe. Außerdem weißt du genau, dass deine Schwägerin keinen guten Ruf hat; man braucht sie sich ja bloß anzusehen: Es wird schon stimmen, was die Leute reden, sagt man sich da. Und ein Mann ist nun einmal ein Mann, er hat sich nicht in der Gewalt, vor allem wenn eine Frau ohne Kopftuch ihm Avancen macht.«

»Aber was soll ich denn machen?« fragte meine Mutter mit betrübter Miene.

»Du könntest sie verheiraten, auf diese Weise wirst du sie auch gleich los.«

»Aber wer will schon eine Stumme zur Frau?«

»Ach weißt du, es gibt immer jemanden; schließlich ist eine Stumme besser als eine Frau, die den ganzen Tag zetert, und außerdem sieht sie ja nicht schlecht aus. Gut, sie ist nicht mehr blutjung, sie ist neunundzwanzig. Aber da fällt mir auch schon jemand ein, der sich tatsächlich für sie interessieren könnte.«

»Wer soll das sein?«

Die Nachbarinnen sahen sich an. Im Stillen dachte ich, dass sie doch nicht so böse waren, denn natürlich nahm ich an, dass sie meinen Onkel meinten.

»Hast du denn gar keine Idee?«

»Aber wenn ich euch doch sage: Ich weiß es nicht.«

Ich war so sehr von diesem Gespräch gefesselt, dass mir der Mund offen stand und ich beinahe anstelle meiner Mutter geantwortet hätte, als sie sich plötzlich umdrehte und mich in die Küche schickte, um eine neue Schüssel zu holen. Die Frauen hielten jede ein Messer und eine Aubergine in der Hand.

»Also werdet ihr mir nun sagen, wer um die Hand meiner Schwägerin anhält?«

Ich stand in der Küche und hörte, wie die bigotte Frau den Namen des Mullahs erwähnte. Da fiel mir das große Tablett aus der Hand, was enormen Lärm verursachte.

»Was hast du denn nun wieder angestellt?« rief meine Mutter.

»Nichts«, rief ich zurück und hob es auf.

Ich stellte das Tablett neben sie und kehrte zurück an meinen Platz, um weiter meine Hausarbeiten zu machen.

»Der Mullah? Der Mullah, der zum Gebet hierher kommt?« fragte meine Mutter verwundert.

»Natürlich, einen anderen gibt es ja nicht.«

»Aber woher weißt du das?«

»Ich weiß es eben. Man erzählt sich, seine letzte Frau könne keine Kinder bekommen, und so trägt er sich mit der Absicht, eine neue Frau zu nehmen.«

»Aber er wird nie eine stumme Frau wollen.«

»Hör mal, wenn ich dir davon erzähle, dann deswegen, weil ich gehört habe, dass er sie eines Freitags, als er zum Gebet hier war, gesehen hat und offenbar interessiert ist. Da er bereits eine junge Frau in ihrem Alter hat, kann die Tatsache, dass sie stumm ist, sogar von Vorteil sein, so können sich die beiden Frauen nicht zanken.«

»Im Grunde habe ich nichts dagegen, der Mullah ist wohlsituiert, aber ich brauche die Einwilligung meines Mannes.«

»Ich wüsste nicht, was er dagegen haben könnte. Ein Ehemann für seine stumme Schwester, die fast dreißig ist – so etwas fällt nicht vom Himmel.«

Ich wusste nicht, was ich tun sollte, Schweigen bewahren oder der Stummen alles erzählen und meinen Vater in diesen teuflischen Plan einweihen. Schließlich beschloss ich, meine Tante nicht verrückt zu machen und mit meinem Vater zu sprechen.

Meine Mutter kam mir zuvor. Sie verlor keine Zeit und setzte meinen Vater sofort in Kenntnis. Offenbar hatte sie eines Abends, bevor sie zu Bett gingen, ihre ganze Kunst darauf gewandt, ihn um den Finger zu wickeln. Ich glaubte, er würde allein bei dem Gedanken, seine Schwester mit einem Mullah verheiraten zu müssen, wütend werden, aber dem war nicht so. Am kommenden Tag nahm mein Vater die Stumme nach dem Abendessen an die Hand und zog sie mit in den Hof. Ich sah zu meiner Mutter, die meinen Vater mit besorgten Blicken beobachtete. Da wurde mir bewusst, dass sie ihre Schwägerin hasste. Ich konnte die beiden nicht hören, aber da ich direkt neben der Fenstertür saß, konnte ich sie zumindest sehen. Mein Vater hielt noch immer die Hand seiner Schwester und redete auf sie ein; sie hörte ihm zu und versuchte die zärtliche Geste ihres Bruders zu verstehen. Meine Mutter kam näher und stellte sich neben mich, um zu sehen, wie es lief; doch je länger mein Vater mit ihr sprach, desto mehr verhärteten sich die Gesichtszüge der Stummen. Sie schüttelte den Kopf, zog die Hand zurück und warf meiner Mutter einen feindseligen Blick zu, dann ging sie in den hinteren Teil des Hofs und kauerte sich in eine Ecke. Mein Vater kam näher, versuchte abermals sie zur Vernunft zu bringen, doch die Stumme sprang auf, sah ihm böse funkelnd in die Augen und verzog sich in eine andere Ecke. Mein Vater kehrte zurück ins Zimmer und sagte zu meiner Mutter:

»Nichts zu machen.«

»Was heißt das? Du entscheidest, nicht sie, du bist ihr Vormund und sorgst für sie.«

»Du willst doch nicht, dass ich meine Schwester zwangsverheirate?«

»Wer spricht hier von Zwang? Wenn sie erst einmal verheiratet ist, wird sie verstehen, dass es zu ihrem Besten war. Was weiß sie schon von der Ehe? Es ist nicht gut, eine alte Jungf… eine Frau in ihrem Alter im Haus eingesperrt zu halten. Ist dir klar, dass dies vielleicht die Chance für sie ist, die einzige, einen Mann zu bekommen, Kinder, eine Familie zu haben?«

»Was soll ich denn machen?« fragte mein armer hilfloser Vater.

»Du könntest zum Mullah gehen und ihm dein Einverständnis geben. Er stellt schließlich die Heiratsurkunden aus, dann kann er auch eine für sich selbst ausstellen.«

»Du redest über sie, als würden wir irgendeinen Gegenstand verkaufen.«

»Jetzt hör mir mal zu, deine Schwester ist neunundzwanzig Jahre alt und stumm, das ganze Viertel hat Angst vor ihr. Erinnere dich nur daran, als sie krank war, du hast selbst geglaubt, sie würde verrückt werden. Die Ehe ist für sie das beste Heilmittel.«

»Aber ich kann sie nicht gegen ihren Willen mit jemandem verheiraten, den sie verabscheut.«

»Kennst du etwa andere Anwärter? Und wie kann sie jemanden verabscheuen, den sie nicht einmal kennt? Sie hat bloß Angst, das Haus zu verlassen, es ist nicht gut, dass sie so an dir hängt. Du bist ihr Bruder, nicht ihr Mann.«

»Bis Ende des Jahres trägst du ohnehin noch Trauer wegen deines Vaters; danach werden wir das alles noch einmal in Ruhe überdenken, nächstes Jahr«, sagte mein Vater und beendete damit das Gespräch.

Die Stumme hockte in einer Ecke des Hofs und rauchte eine Zigarette. Ich hätte sie gern getröstet und ihr erzählt, was ich am Vortag gehört hatte, aber ich traute mich nicht. Sie sah so düster aus. Ich betrachtete sie vom Fenster aus und traf dann eine Entscheidung.

Am folgenden Freitag, als der Mullah zum Gebet kam, ging ich nicht mit der Stummen hinaus in den Hof, sondern blieb in der Küche und bot meiner Mutter an, etwas Tee vorzubereiten. In Wirklichkeit tat ich das, um sie auszuspionieren. Obwohl ich mein Kopftuch fest um den Kopf gebunden hatte, bemerkte ich, während ich mit dem Tablett in der Hand auf den Mullah zuschritt, den stechenden Blick, mit dem er mich über den Rand seiner Brille hinweg in Augenschein nahm. Sicher hatte er gedacht, die Stumme würde ihn bedienen. Ich beugte mich vor und hielt ihm das Tablett hin, damit er eine Tasse nahm, aber ich hatte sie zu vollgegossen, und so war ein wenig Tee auf die Untertasse geschwappt.

»Wie oft habe ich dir schon gesagt, dass man die Tassen nicht so vollgießen darf?«

Meine Mutter war es, die mir meine Ungeschicklichkeit vorwarf. Meine Hände zitterten, das Tablett und die Tasse auch. Aber das ist doch nicht schlimm, sagte der Mullah und nahm seine Tasse. Ich hob den Blick und begegnete dem seinen, der mich durchdrang. Ich weiß nicht warum, aber in dem Augenblick hatte ich eine böse Vorahnung. Ich kehrte in die Küche zurück, beobachtete ihn. Nach dem Gebet unterhielt er sich vor der Eingangstür mit meiner Mutter, leider konnte ich nicht hören, was sie sagten, es war zu leise. Aber ich war mir sicher, dass meine Mutter etwas ausheckte. Und ich hatte mir geschworen, ihre Pläne zu durchkreuzen.

Was hast du getan, dass man dich zum Strang verurteilt hat?«

»Das ist eine lange Geschichte.«

»Ist es das, was du aufschreibst?«

«Mehr oder weniger.«

Die Stumme und ich waren mit dem Frühjahrsputz beschäftigt. Mein Vater war verreist und meine Mutter bei der Arbeit. Ich half der Stummen, die Fenstertür zu putzen. Das Wetter war schön und sonnig, die Luft noch frisch, ein echter Frühlingstag. Ich hielt den Schlauch in der Hand und spritzte das Fenster ab. Da tauchte mein Onkel im Eingang auf, er hatte eingekauft. Nachdem er die Sachen in die Küche gestellt hatte, ging er in den Hof. Er erzählte, er habe kein Brot kaufen können, weil es beim Bäcker eine Schlägerei gegeben habe: Wie üblich hatten einige gemogelt und sich in die lange Schlange gedrängelt; nach einigen Protestrufen und Beleidigungen waren mehrere Leute handgreiflich geworden, schließlich hatte ein Kerl sein Messer gezückt und es dem anderen in den Bauch gerammt.

»Was für ein Land! Die Leute bringen es fertig, sich für ein Stück Brot gegenseitig umzubringen«, sagte er und zündete sich eine Zigarette an.

Derartige Szenen waren in unserem Viertel nicht selten; und ich dachte bei mir, dass sinnlose Gewalttaten offenbar die einzige Möglichkeit für arme Menschen waren, ihren Mannesmut unter Beweis zu stellen.

Die Stumme beachtete meinen Vater nicht und putzte weiter die Fenster. Mein Onkel näherte sich und bot ihr eine Zigarette an. Doch ohne sich umzudrehen, kam die Stumme auf mich zu, schnappte sich den Schlauch und richtete den Wasserstrahl auf meinen Onkel, der aufschrie: Hast du den Verstand verloren, was ist denn in dich gefahren? Das Verhalten der Stummen verriet ihre Wut, es steckte jedenfalls keine Neckerei dahinter. Triefend warf er seine Zigarette fort und riss ihr den Schlauch mit Gewalt aus der Hand; sie standen direkt voreinander, sie wehrte sich, aber er war deutlich stärker. Nun spritzte er sie nass, und sie war wunderschön in ihrem langen nassen Kleid, das ihr am Körper klebte.

Wie ich sie so ansah, war ich von der Richtigkeit meines Plans überzeugt. Im Grunde war es ganz einfach: Ich musste nur meinen Onkel aufsuchen und ihm die Augen öffnen. Lange hatte ich hin und her überlegt. Denn ich wollte die Stumme nicht hintergehen; das hätte sie mir nie verziehen. Aber ich musste meinen Onkel über die Absichten des Mullahs und meiner Mutter, über die Verzweiflung der Stummen, über ihre Liebe zu ihm in Kenntnis setzen. Ich hatte ihm die Rolle des Helden zugeteilt: Er war der Einzige, der die Stumme retten konnte. Ich hatte beschlossen, am folgenden Tag zu ihm zu gehen. An dem Abend kam er nicht zu uns zum Abendessen. Meine Mutter war schlecht gelaunt, und die Stumme hatte sich in ihre Welt zurückgezogen; sie war in Gedanken versunken. Ich spülte das Geschirr, und wir gingen zeitig zu Bett. Dort dachte ich über meinen Plan nach und sah die Stumme bereits vor mir, im Hochzeitskleid am Arm meines Onkels. Voller Zuversicht schlief ich ein.

Meine Mutter weckte mich im frühen Morgengrauen, sie wirkte besorgt. Während ich mich aus dem Laken schälte, wiederholte sie:

»Wo ist deine Tante?«

Noch schlaftrunken bemerkte ich, dass der Platz neben mir leer war.

»Was weiß ich? Vielleicht ist sie auf Toilette.«

»Da komme ich gerade her.«

Die Tür zum Hof war verschlossen, sie konnte also nicht draußen sein. Ich warf auch einen Blick in die Küche.

»Wenn ich dich frage, wo sie steckt, dann deshalb, weil ich schon überall nachgesehen habe, und sie ist weder im Haus noch anderswo auf der Straße«, sagte meine Mutter voller Panik.

Ich begriff nicht, wohin sie gegangen sein konnte, vor allem zu einer solchen Uhrzeit, aber plötzlich hatte ich eine Eingebung.

»Du weißt doch etwas, los, sag es mir.«

»Ich weiß nichts, wie könnte ich wissen, wohin sie so plötzlich verschwunden ist?«

»Dein Vater kommt am Nachmittag nach Hause. Wir müssen sie vorher finden, sonst wird er glauben, dass …«

»Vielleicht ist sie vor der Zwangsehe mit dem Mullah geflohen.«

»Allah, hilf, das wird ein Skandal, wenn die Leute erfahren …«, wiederholte meine Mutter.

Sie warf ihren Tschador über und sagte mir, sie wolle ihren Bruder wecken gehen, damit er sich auf die Suche nach der Stummen machte. Bei diesen Worten zuckte ich zusammen: Es ist noch zu früh, und du musst zur Arbeit, ich werde meinem Onkel Bescheid geben. Aber sie hatte bereits die Tür geöffnet und war schon fast draußen. Ich lief ihr hinterher und zerrte an ihrem Tschador: Ich gehe schon, du wirst noch zu spät kommen. Sie drehte sich um, und ich sah Argwohn in ihren Augen aufblitzen. Während ich mir das Kopftuch umband, lief ich ihr barfuß weiter hinterher: Es ist viel zu früh, um ihn zu wecken, geh lieber zur Arbeit, ich erledige das für dich. Erneut drehte sie sich um und gab mir eine Ohrfeige. Doch ich ließ nicht von ihr ab. Zwei Männer beobachteten uns. Sie öffnete die Tür zum Haus meines Onkels, und ich ging mit ihr hinein. In unserer Eile hatten wir die Tür offen stehen lassen. Sekundenlang blieben wir wie erstarrt stehen: Die Stumme und mein Onkel schliefen nackt Arm in Arm. Auch ich war verblüfft, mir blieb die Luft weg. Himmel, wie schön diese beiden ineinandergeschlungenen Körper waren. Gefährlich schön.

Meine Mutter schien einer Ohnmacht nahe, doch sie fing sich rasch wieder und begann, Krach zu schlagen. Die beiden fuhren überrascht hoch und versuchten sich eilig das Laken über ihre Blöße zu ziehen. Die beiden Männer von der Straße waren näher gekommen und standen schon in der Tür; eilig schloss ich sie. Mein Onkel, der sich in ein Laken gewickelt hatte, beteuerte meiner Mutter gegenüber: Ich werde sie heiraten, mach dir keine Sorgen, ich werde sie heiraten. Die Stumme griff nach ihrem Kleid und zog sich ins Bad zurück, um sich anzuziehen. Und meine Mutter wiederholte: Was für ein Unglück, was für ein furchtbares Unglück.

Ich sagte ihr: Wieso denn Unglück? Er hat doch gesagt, dass er sie heiraten wird …

Sie warf mit einem Schuh meines Onkels nach mir; ich hatte nicht genug Zeit, mich zu bücken, und bekam ihn direkt auf die Brust. Allmählich hatte ich ihr Theater satt.

»Du willst sie lieber mit dem Mullah verheiraten, stimmt's? Tja, wie es aussieht, sind deine Pläne zum Teufel.«

Sie erwiderte, ich sei eine dreckige kleine Nutte, genau wie meine Tante, ich wisse schon lange, was sich hier abspiele, und habe sie deswegen daran hindern wollen, hierherzukommen.

»Und seit wann geht das schon so? Die Leute haben also recht, wenn sie sagen, dass das Haus meines Vaters ein Bordell geworden ist…«, lamentierte sie und schlug sich dabei mit der Faust gegen die Stirn.

Ich fragte, ob sie nicht ein wenig übertreibe für jemanden, der gerade halb ohnmächtig geworden war. Da warf sie mit dem zweiten Schuh nach mit, aber diesmal konnte ich rechtzeitig ausweichen. Die Stumme kehrte zurück ins Zimmer; sie wirkte gelassen, ruhig, ihr Haar war offen. Es stand ihr gut. Ich bewunderte ihre Kühnheit. Mein Onkel versuchte, seine Schwester zur Vernunft zu bringen; nach einer Stunde hatte sie sich halbwegs beruhigt und ging zur Arbeit. Die Stumme und ich kehrten zurück nach Haus. Auf der Straße, vor dem Haus meines Onkels und vor unserem Haus, hatten sich Leute versammelt, sie folgten uns mit ihren Blicken. Wir drückten uns die Mauern entlang und liefen eiligen Schrittes, um im Haus Zuflucht zu finden.

Es ist merkwürdig, dass du Gefängniswärter bist.«

»Ich habe es mir nicht ausgesucht.«

»Absolvierst du deinen Militärdienst? Warum antwortest du mir nie?«

»Ich darf nicht mit dir sprechen.«

An Willen mangelte es der Stummen nicht; nur Menschen von der Dummheit meiner Mutter konnten ihre Hartnäckigkeit unterschätzen. Nachdem sie sich jahrelang in Schweigen gehüllt hatte, hatte sie beschlossen, den Plan meiner Mutter zu durchkreuzen; sie tat es auf radikale Weise, indem sie sich einem Mann hingab, den sie liebte, und ohne etwas im Gegenzug zu verlangen. Ein Schritt, der für eine Frau geradezu revolutionär war – nicht nur in unserer Gegend, sondern im ganzen Land, wo die Liebe noch immer eine Frage der Ehre von Brüdern und Vätern ist, ein Vertrag, eine Übereinkunft, ein simpler Handel, in diesem Land, wo die Liebe verboten ist.

Etwas in ihr hatte sich verändert, ich weiß nicht genau was, aber ich sah die Stumme mit anderen Augen; sie war nicht mehr dieselbe, und dieser Tag, an dem wir beide gemeinsam zu Hause saßen, wie so viele Male zuvor, war mit keinem anderen Tag zu vergleichen. Ich wollte mit ihr sprechen, aber ich wusste nicht, was ich sagen sollte, mir war unbehaglich zumute; ich spürte, wie unangenehm es ihr war, dass man sie völlig nackt in den Armen meines Onkels überrascht hatte, aber sie strahlte eine große Ruhe aus; sie war verliebt, von Glück erfüllt: Das sprang sofort ins Auge. Sie bereitete das Frühstück vor. »Lass mich das doch machen, setz dich nur«, stammelte ich. Sie sah mich mit angedeutetem Lächeln und sehr sanftem Blick an. Stockend wagte ich hinzuzufügen: »Du hast getan, was getan werden musste. Jetzt wird dich niemand mehr ärgern. Du kannst dir ein Brautkleid nähen. Ich freue mich so für dich.«

Traurigkeit überfiel mich, denn ich begriff, dass ich sie verlieren würde, bald würde sie nicht mehr mir gehören, sondern meinem Onkel.

»Werde ich euch auch jeden Tag besuchen dürfen?« Mir liefen Tränen übers Gesicht.

»Das ist die Rührung«, sagte ich. Sie nahm mich in

die Arme und drückte mich ganz fest, mit denselben liebevollen Armen, die meinen Onkel umschlungen hatten. Ich weiß nicht warum, aber meine Tränen flossen unaufhörlich weiter, obwohl ich mich auf wundersame Weise glücklich und geborgen fühlte.

Gegen drei Uhr nachmittags klingelte es. Ich glaubte, es sei mein Vater, und rannte zur Tür, um sie zu öffnen. Doch es waren zwei Männer vom Revolutionskomitee, die eine Kalaschnikow geschultert hatten. Sie schoben mich zur Seite und traten ein. Einer von ihnen packte die Stumme am Arm. Gib mir einen Tschador, rief er mir zu. Ich gehorchte. Meine Knie zitterten. Die Stumme sah mich entsetzt an. Sie streiften ihr den Tschador über den Kopf, zerrten sie aus dem Haus und steckten sie in einen Wagen. Ich kniff mir in den Arm und gab mir Ohrfeigen, um aufzuwachen, aber der Albtraum war kein Traum. Ihr Eindringen war so brutal und schnell über die Bühne gegangen, dass ich das alles erst realisierte, als der Wagen schon um die Ecke gebogen war. Ich rannte zu meinem Onkel, um ihn zu warnen, klingelte, klopfte an die Tür. Eine Nachbarin sagte mir: Sie waren da und haben ihn zum Revolutionskomitee mitgenommen.

Ich hatte nicht die Kraft, die fünfzig Meter zurückzulaufen, die mich von unserm Haus trennten, und brach schluchzend vor der Tür meines Onkels zusammen.

Mein Vater kam am frühen Abend nach Haus. Ich erzählte ihm, was am Nachmittag passiert war, traute mich aber nicht, ihm die Liebesszene bei meinem Onkel zu schildern. Der Arme war völlig verstört und rannte los. Als er weg war, sagte ich mir, dass ich ihm besser alles hätte erzählen sollen, damit er es nicht von den Männern des Revolutionskomitees erfuhr. Ich ging im Zimmer auf und ab. Als meine Mutter nach Hause kam, sagte sie niedergeschlagen zu mir:

»Geh und hol mir ein Glas Wasser.«

Ich brachte es ihr wortlos.

»Wo ist deine Tante? Ich hoffe, sie ist nicht wieder zu ihrem Liebhaber gegangen«, sagte sie zwischen zwei Schlucken.

»Ist ihr Glück so unerträglich für dich? Du bist so niederträchtig, dass du dich nicht einmal für sie und deinen Bruder freuen kannst.«

»Wie ich sehe, hat sie wirklich einen großartigen Einfluss auf dich. Nach all der Schande, die sie über uns gebracht hat, wagst du es noch, sie zu verteidigen.«

»Aber inwiefern ist ihre Liebe eine Schande? Und was geht dich das überhaupt an?«

Ich brach wieder in Tränen aus, schluchzte, ich hasste meine Mutter, ich verabscheute sie.

»Wo ist deine Tante? Ich verlange, dass du mir sofort antwortest.«

»Du kannst dich beglückwünschen, sie haben sie zum Revolutionskomitee mitgenommen«, antwortete ich.

»Wer, sie?«

»Na wer schon? Die Männer vom Revolutionskomitee; sie sind hier aufgekreuzt. Wenn du nicht so geschrien und alle Nachbarn geweckt hättest, wäre das alles nicht passiert.«

»Und dein Onkel?«

»Er ist auch dort.«

Sie warf ihren Tschador über, um zum Revolutionskomitee zu gehen. Ich sagte ihr, dass mein Vater bereits dort sei. Für sie gab es nur eine Schuldige: meine Tante. Doch für mich war alles ihre Schuld.

Mein Vater kehrte allein zurück.

»Sie haben sie dabehalten. Der Mullah war nicht zu Hause. Ich werde morgen früh noch einmal hingehen.«

Er war am Boden zerstört.

Es war die erste Nacht in meinem Leben, die ich ohne die Stumme an meiner Seite verbrachte.

Heute Morgen, als ich mein Opium nahm, sagte ich zu meinem Wärter: »Wissen sie davon?«

»Aber nein!«

»Warum riskierst du das aber dann?«

Er ging weg. Ich rief ihm hinterher: Du darfst nicht mit mir sprechen, stimmt's? Aber vielleicht hätte ich das nicht tun sollen.

In den Augen des Mullahs hatte die Stumme Ehebruch begangen; zwar war sie noch nicht offiziell seine Frau, aber er hatte bei meiner Mutter um ihre Hand angehalten, die ihm wiederum das Einverständnis meines Vaters gegeben hatte. Die Stumme war ihm, ohne ihr Wissen, versprochen worden. Gegen die Rache eines Mullahs, der von seiner zukünftigen Frau betrogen worden war, die Rache eines Heuchlers, der in seiner Ehre und seiner frömmelnden Selbstliebe gekränkt war, konnte selbst der allmächtige Gott nichts ausrichten. Die Stumme würde gesteinigt werden. Ich kann gar nicht beschreiben, in welche Gemütsverfassung uns, also meinen Vater und mich, die Verkündung dieses Urteils stürzte – selbst heute nicht, da ich in diesem Kerker hocke und auf meine Hinrichtung warte, auch nicht nach all dem Grauen, das ich erlebt habe. Es gibt keine Worte, die eine solche Barbarei beschreiben könnten: Die Vorstellung, dass meine stumme Tante bis zu den Schultern eingegraben und eine wilde Horde sie mit Steinen bewerfen würde, um sie zu töten, erfüllte uns mit tiefem Entsetzen, aber auch mit einer Wut, die gereicht hätte, die ganze Stadt in Brand zu stecken. Ich hätte den Mullah ermorden können, ja das ganze Viertel. Von Weinkrämpfen geschüttelt, flehte ich meinen Vater an, etwas zu unternehmen. Mit dreizehn glaubt man noch an die Allmacht seines Vaters. Ich hatte ihn nie weinen sehen, aber seitdem man uns mitgeteilt hatte, dass die Stumme gesteinigt werden sollte, weinte er heiße Tränen. Als mir klar wurde, wie wenig er ausrichten konnte, flehte ich Gott an, er möge ein Erdbeben schicken, Bomben, einen Krieg, der die ganze Stadt, das ganze Land verheeren würde, damit die Steinigung der Stummen nicht stattfände. Ich bin außerstande, in Worte zu fassen, welchen Hass mir meine Mutter, ihre

Dummheit, ihre Unwissenheit und ihre Bosheit einflößten. Wie schaffte es mein Vater nur, sich so zu beherrschen? An seiner Stelle hätte ich sie windelweich geschlagen. Immer wieder beteuerte sie, es sei nicht ihre Schuld und sie sei im Recht gewesen, als sie sagte, man dürfe die Stumme nicht zu meinem Onkel gehen lassen. Manchmal hatte ich Lust, sie zu würgen, um sie zum Schweigen zu bringen. Meine Fantasien quälten mich, die Steinigung spielte sich immerzu von neuem in meinem Kopf ab; ich sah die Stumme vor mir, jene Frau, die ich über alles auf der Welt liebte und die mich liebte, die mich aufgezogen hatte, jene Frau, in deren Arme ich mich flüchtete. Diese Frau sollte gesteinigt werden? Ich hatte nicht gewusst, dass man einen solchen Schmerz empfinden konnte. Niemand verdient es, auf so grausame Weise umgebracht zu werden, nicht einmal der größte Verbrecher, und vor allem nicht meine wunderbare stumme Tante, deren einziges Vergehen darin bestand, sich kühn zu ihrer Liebe bekannt zu haben. Mal betete ich zu Gott, mal drohte ich ihm: Ah, ich werde dich eigenhändig umbringen, wenn du zulässt, dass meine Tante gesteinigt wird.

Mein Vater war zum Mullah gegangen, um ihn anzuflehen; er hatte sich vor ihm zu Boden geworfen und ihm geschildert, wie sie mit zehn Jahren Waise geworden, wie sie im Elend aufgewachsen war; dann hatte er ihn um Gnade angefleht. Der Mullah hatte ihm versprochen, dass die Stumme nicht gesteinigt, sondern nur gehängt werden würde, aber im Gegenzug hatte er um meine Hand angehalten. Und in seiner Verzweiflung gab mein Vater ihm sein Einverständnis.

Als er nach Hause kam, sah er aus wie ein flügellahmer Vogel. Als er zur Tür hereinkam, rannte ich auf ihn zu. Sie wird nicht gesteinigt, sondern nur gehängt, sagte er mit erstickter Stimme. Dann brach er vor Entsetzen zusammen, mit stumpfem, erloschenem Blick. Diese Ankündigung verscheuchte das Bild ihrer Steinigung aus meinem Kopf, mein Vater hatte sie gerettet. Verglichen mit einer Steinigung war der Tod durch den Strang ein sanfter und würdiger Tod.

Wir trugen lange vor dem Tag der Hinrichtung meiner Tante Trauer. Der Mullah wollte nicht, dass die Geschichte sich allzu lange hinzog; also hatte er das Datum selbst festgesetzt. Er hatte meinem Vater ausnahmsweise eingeräumt, sie zu besuchen, ein einziges Mal. Ich begleitete ihn, musste aber vor dem Gefängnistor warten, desselben Gefängnisses, in dem ich mich heute befinde. Nach zehn Minuten kam er wieder heraus; er machte den Mund nicht auf, und ich stellte ihm keine Fragen. Ich nahm lediglich seinen Arm, weil ich spürte, dass ihm jeden Moment auf offener Straße die Beine versagen konnten. Nach Hause zurückgekehrt legte er sich hin und stand tagelang nicht mehr auf.

Die Hinrichtung sollte am Freitagmorgen, einem Feiertag, stattfinden, und zwar auf dem Hauptplatz des Viertels, damit viele Zuschauer angelockt würden. Wir waren zu Hause geblieben; mein Vater war krank, er konnte nicht aufstehen. Ich wollte die Stumme vor ihrem Tod ein letztes Mal sehen. Ich wollte ihre Hinrichtung sehen, um nie zu vergessen, was man ihr angetan hatte. Meine Mutter hatte sich vor mich gestellt, um mich daran zu hindern, hinauszugehen. Doch ich stieß sie mit aller Kraft zur Seite und lief hinaus. Als ich auf den Platz kam, führten Männer mit Strumpfmasken die Stumme gerade auf einen Lastwagen. Sie trug ein langes schwarzes Kleid, das sogar ihre Füße verbarg, und ein schwarzes Tuch auf dem Kopf, das ihre Haare vollständig bedeckte, aber ihr Gesicht freiließ. Ihre Hände waren am Rücken gefesselt. Ein Mann legte ihr den Strick um den Hals; sie blickte in die Menge, ich sah sie an und wollte rufen, damit sie wusste, dass ich da war; doch meine Stimme versagte. Ich schrie, oder wenigstens versuchte ich zu schreien. Die Wirklichkeit war noch schlimmer als der Albtraum, der Kloß in meinem Hals nahm mir den Atem. Ich schrie, aber kein einziger Laut drang aus meiner Kehle. Tränenströme liefen mir übers Gesicht. Unentwegt wischte ich mir über die Augen, damit das letzte Bild der Stummen nicht verschwamm. Die Stumme hatte einen friedlichen Gesichtsausdruck, ich bin mir sicher, dass sie ihre Liebesnacht nicht bedauerte und lieber starb, als die Frau des Mullahs zu werden. Sie hob den Kopf gen Himmel. Ich sah sie an, und als sie den Kopf wieder senkte, erblickte sie mich; einige Sekunden verharrten wir so, Aug in Aug. Ich weinte, auf ihren Lippen lag ein leichtes Lächeln, sie war schon woanders. Der Arm des Krans hob den Körper der Stummen an. Die Menge skandierte »Allah Akbar«. Die Stumme baumelte zwischen Himmel und Erde.

Sie wurde auf der Parzelle des Friedhofs beerdigt, der Verbrechern vorbehalten ist, damit ihre ehebrecherische Sünde die tugendhaften Muslime nicht ansteckte. Was sind die Gläubigen doch für armselige Menschen. An den darauffolgenden Tagen weinte ich mir die Augen aus dem Kopf.

Sieben Tage nach der Beerdigung klingelte es an unserer Tür. Mein kleiner Bruder machte auf. Ist dein Vater da?, fragte eine durchdringende männliche Stimme. Mein Vater stand auf, trat vor die Tür und unterhielt sich ein paar Minuten mit dem Unbekannten, wobei er die Tür halb geöffnet ließ. Dann kam er mit niedergeschlagener Miene wieder herein, schloss die Tür hinter sich und ließ sich auf den Kelim fallen. Er hielt ein Stück Papier in der Hand.

»Was ist das?« fragte meine Mutter.

»Es ist die Heiratsurkunde deiner Tochter.«

Noch bevor er den Mund aufmachte, hatte ich irgendwie alles begriffen. Meine Mutter überhäufte ihn mit Fragen. Ich hörte ihm nicht zu, sondern weinte und wusste nicht, weshalb meine Tränen flossen. Weil die Stumme tot war? Wegen der Verzweiflung meines Vaters oder der düsteren Zukunft, die mich erwartete? Ich verurteilte meinen Vater nicht, an seiner Stelle hätte ich genauso gehandelt, ich wäre zum Schlimmsten fähig gewesen, um die Stumme vor der Steinigung zu bewahren. Der Mullah hatte die Heiratsurkunde ausgestellt, er brauchte mein Einverständnis nicht, denn nach dem Gesetz stand ich unter der Obhut meines Vaters, und mein Vater hatte das Recht, mich nach Gutdünken zu verheiraten. Er hatte ihm seine Einwilligung gegeben. Am folgenden Morgen musste ich bei ihm sein.

Mein Onkel war für drei Monate ins Gefängnis gekommen und hätte hundertzwanzig Peitschenhiebe erhalten müssen. Auch ihm gegenüber hatte der Mullah Milde walten lassen und die Zahl der Hiebe auf achtzig verringert.

Ich schlief erst in den frühen Morgenstunden ein und träumte von der Stummen. Sie stand am Galgen, aber ihre Hände waren frei; sie riss sich das Tuch vom Kopf. Mit ihrem entblößten Haar und den beiden langen Zöpfen hatte sie ihr würdevolles Aussehen wiedergefunden. Die unterwürfige Menge, die sich von dieser Geste provoziert fühlte, skandierte derweil: Hängt sie auf!

Schreiend fuhr ich aus dem Schlaf.

Ich verließ das Haus ohne Bedauern. Nach dem Tod der Stummen hätte ich es nicht ertragen, weiter dort zu leben. Ich schloss meine kleine Schwester in die Arme und sagte meiner Mutter und meinem Bruder Lebewohl. Mein Vater begleitete mich, er trug die Tasche, die meine Mutter gepackt hatte. Unterwegs sagte ich zu ihm: Du hast recht gehandelt, ich hätte selbst in dieses Eheabkommen eingewilligt, um die Steinigung der Stummen zu verhindern. Er machte den Mund nicht auf und lief wie eine aufgezogene Puppe neben mir her. Ich hatte beschlossen, noch am selben Tag zu fliehen, zog ihn aber nicht ins Vertrauen. Es ist besser, ihn nicht einzuweihen, dachte ich bei mir.

Wir durchquerten das Viertel. In einer breiten Straße blieb mein Vater bei der Nummer 28 vor einer braunen Metalltür stehen. Hier ist es, flüsterte er. Wir blieben zwei oder drei Minuten dort stehen, eine kleine Ewigkeit. Er legte mir die Hand auf die Schulter und bat mich mit verzweifelter Stimme um Verzeihung. Ich reagierte nicht; er wiederholte: Verzeih mir, mein Kind. Am liebsten hätte ich mich in seine Arme geworfen, aber ich blieb wie versteinert stehen, seine Worte kamen so unerwartet, dass ich verstummte. Außerdem war ich von einer gewissen Gleichgültigkeit erfüllt, ich steckte nicht mehr in meinem Körper, sondern stand noch immer dort auf dem Platz vor dem baumelnden Leichnam der Stummen.

Mein Vater klingelte. Eine Frau im schwarzen Tschador öffnete die Tür und führte meinen Vater ins Büro des Mullahs. Es war seine zweite Frau; ich war Nummer drei. Mich geleitete sie in einen anderen Raum, dies war mein Schlafzimmer. Da kam mir ein Sprichwort in den Sinn: »Geh im weißen Brautkleid auf deinen beiden Beinen ins Haus deines Mannes und verlasse es nur liegend, ins Schweißtuch gehüllt.« An diesem Tag trug ich kein weißes Brautkleid, und ich hatte ja vor, noch am selben Tag zu fliehen. Bevor mein Vater ging, kam er noch einmal, um mich zu sehen. Er blieb auf der Schwelle des Schlafzimmers stehen, ohne einzutreten:

»Wenn du irgend etwas brauchst …«

»Es wird schon gehen, mach dir keine Sorgen.«

Dies war das letzte Mal, dass ich ihn gesehen habe.

Er starb zwei Wochen später. Meine Mutter fand ihn im Hof, eine Zigarette in der Hand; er hatte einen Herzinfarkt erlitten.

Am Nachmittag nahm ich meine Tasche und versuchte zu fliehen, aber die Haustür war abgeschlossen. Ich sah den Mullah den ganzen Tag über nicht, und auch nicht nachts. Zunächst hoffte ich, er würde mich in Ruhe lassen. Aber in der zweiten Nacht kam er dann in mein Zimmer. Ich lag auf dem Bett. Bei seinem Anblick sprang ich auf und ging hinaus in den Hof. Er blieb eine Weile, dann verließ er den Raum wieder und ging in ein anderes Zimmer, ohne ein Wort zu sagen und ohne mich anzusehen. Erleichtert kehrte ich in mein Zimmer zurück; ich hatte mich in eine Ecke gekauert, als die Tür wieder aufsprang. Ich stand auf, und er verriegelte hastig die Tür, stellte sich vor mich. Es war das erste Mal, dass ich ihn wirklich sah. Er hatte seinen Turban abgenommen, trug aber noch immer das Gewand des Mullahs. Er war etwa fünfzig Jahre alt, hatte eine Glatze, einen breiten Nacken, das Gesicht und der Bauch waren dick, der Blick arglistig und lüstern. Er näherte sich mir, doch ich wich zurück. Da packte er mich; ich wehrte mich minutenlang. Er warf mich auf die Matratze, und bevor ich mich aufrichten konnte, lag er schon auf mir. Er war schwer, und sein Atem roch nach verfaultem Fleisch. Ich spürte sein hartes Geschlecht unter dem Mullahgewand. Vor Angst war ich wie gelähmt und versuchte vergeblich, mich zu verteidigen. Er zog mir die Hosen aus, drang in mich ein. Ich empfand einen furchtbaren Schmerz, es brannte, ich spürte tiefe Scham. Währenddessen zappelte er auf mir herum, das Keuchen verstärkte seinen Mundgeruch, so dass ich mein Gesicht unter dem Kopfkissen verbarg, um ihn nicht zu riechen. Schließlich hörte er auf, zog sich zurück und legte sich für einige Sekunden neben mich, dann stand er auf, öffnete die Tür und verschwand. Meine Beine zitterten, zwischen meinen Schenkeln floss eine Mischung aus Blut und Sperma.

Gestern Abend habe ich von meinem Wärter geträumt. Ich erinnere mich nicht mehr genau, aber ich war nicht im Gefängnis, sondern Verkäuferin in einem Geschäft. Er kam mit dem Auto vorbei, und ich sah ihn durchs Schaufenster. Beinahe hätte ich ihm von dem Traum erzählt.

Heute habe ich zwei Schaben getötet; normalerweise halten sie sich von mir fern, sie nehmen sich in Acht vor meinem mörderischen Instinkt; und zwar zu Recht, denn ich habe keine Angst mehr vor ihnen, obwohl ich noch vor einem Jahr allein beim Anblick einer Schabe von einer entsetzlichen Angst gepackt wurde. Sie wissen inzwischen, dass ich die Herrin in dieser Zelle bin.

Am Tag nach meiner Entjungferung stellte mich seine zweite Frau der ersten vor, die im größten Raum des Hauses lebte, wobei sie ihr erklärte, dass von nun an ich mit ihrer Pflege betraut war. Vor mir lag eine alte gelähmte Frau, die einen Schlaganfall gehabt hatte. Der Mullah verlangte, dass jede Aufgabe perfekt ausgeführt wurde, er selbst hatte die Verteilung der Haushaltspflichten zwischen den Frauen vorgenommen. Seine zweite Frau profitierte vom Anciennitätsprinzip. Sie reichte mir einen Zettel, auf dem zwei Listen standen. Sie kochte, putzte das Büro des Mullahs, ihr gemeinsames Schlafzimmer sowie den Hof und sprengte die Bäume und Pflanzen. Ich war für die Pflege der ersten, invaliden Frau zuständig und sollte die Toiletten und mein Zimmer sauber halten. Es gab eine Waschmaschine und eine Spülmaschine. Vor meiner Ankunft, sagte sie, habe sie sich um alles gekümmert, auch um die Alte, und sie sei nicht eifersüchtig auf mich, denn meine Anwesenheit würde ihr erlauben, nun ein wenig zu verschnaufen. Stolz fügte sie hinzu, dass der Mullah unsere Hochzeitsnacht bei ihr verbracht habe, um sie zu ehren und ihr zu beweisen, dass ich ihr nicht den Rang streitig machte. Aber da ich inzwischen entjungfert worden war, musste ich als seine dritte Frau die Aufgaben übernehmen, die mir zufielen.

»Er hat ein fein entwickeltes Gerechtigkeitsgefühl und behandelt seine Frauen als vollkommen ebenbürtig«, bemerkte ich ironisch.

Aber sie begriff nicht und stimmte mir zu: Ja, ganz genau. Ich kehrte in mein Zimmer zurück und verließ es für den Rest des Tages nicht mehr. Am Abend kam der Mullah an meine Tür. Ich rollte die Matratze aus und legte mich darauf, um es so schnell wie möglich hinter mich zu bringen. Aber er blieb stehen und sagte:

»Du hast nur jede zweite Nacht ein Recht darauf.«

Ich wollte ihn am liebsten beschimpfen, stand dann aber wortlos auf. Er fuhr fort:

»Du hast dich heute nicht um meine erste Frau gekümmert, dabei hat Zahra dir doch die Liste mit deinen Aufgaben übergeben.«

Ich beachtete ihn einfach nicht. Darauf wiederholte er Wort für Wort, was er eben gesagt hatte.

Dann entgegnete ich: »Ich weiß nicht, warum ich mich um eine alte Frau kümmern soll, die ich nicht einmal kenne.«

»Und ob du sie kennst; sie ist meine erste Frau, und du bist verpflichtet, dich um sie zu kümmern, weil du ihren Platz eingenommen hast.«

»Ihren Platz? Welchen Platz?«

»Vor dir war sie es, die das Lager mit mir geteilt hat.

Also rate ich dir, dich nun um sie zu kümmern, sonst wird dein Ungehorsam Folgen haben.«

»Ich bin niemandes Dienstmädchen.«

»Ist das dein letztes Wort?«

»Nein, ich füge dem noch hinzu, dass Sie ein Mörder sind, Sie haben meine Tante umgebracht, Sie haben mich geraubt, mich vergewaltigt … Sie sind nichts als ein …«

Bevor ich meinen Satz beenden konnte, kam er auf mich zu, hinter ihm tauchte Zahra auf. Er nahm ein Kopfkissen und drückte es mir auf den Mund, damit ich nicht schreien konnte. Sie trugen mich aus dem Zimmer und die Treppen hinunter. Der Mullah knebelte mich, fesselte meine Hände hinterm Rücken und sperrte mich in den Keller. Ich saß im Dunkeln. Nach einigen Minuten spürte ich, wie mir eine Schabe über den Fuß krabbelte, ich wäre vor Angst bald gestorben. Mit einer hektischen Bewegung stieß ich sie fort; ich brüllte aus Leibeskräften, aber meine Stimme wurde von dem Knebel erstickt, den ich im Mund hatte. Ich verbrachte die halbe Nacht damit, die Schaben im Auge zu behalten und sie von mir wegzustoßen.

Am nächsten Tag weckte mich Licht, als der Mullah die Tür öffnete. Er war zum Mittagessen nach Hause gekommen und fragte mich, ob ich gehorchen oder lieber ein paar weitere Nächte im Keller verbringen wolle. Ich nickte. Darauf nahm er mir den Knebel ab und band meine Hände los.

Darauf führte er mich ins Zimmer seiner ersten Frau. Zahra zeigte mir, was ich zu tun hatte. Ich musste ihr dreimal am Tag die Windeln wechseln und machte mich ans Werk. Der Gestank bereitete mir Übelkeit. Am Abend bat ich den Mullah um Handschuhe und eine Maske. Er sagte, ich würde sie bald bekommen. Am nächsten Morgen, als ich mein Zimmer verließ, lagen sie vor der Tür.

Der Sommer neigte sich dem Ende zu. Ich durfte nicht mehr zur Schule weil ich verheiratet war, und Abendkurse zu besuchen erlaubte mir der Mullah nicht. Er sagte, ich könne zu Hause lernen, und brachte mir ein kleines Lexikon und religiöse Bücher. Ausgehen durfte ich nicht. Die Tür blieb verschlossen, Zahra trug den Zweitschlüssel immer an ihrer Brust.

Gelegentlich kam meine Mutter mich besuchen. »Ich bin beruhigt, dass es dir an nichts fehlt, wie ich sehe, wirst du vom Mullah und seiner Frau gut behandelt«, wiederholte sie jedes Mal. Sie erzählte mir, dass der Mullah seit dem Tod meines Vaters ihr ein wenig half, über die Runden zu kommen. Damit sie sich nicht schämen musste, fügte er hinzu, als ihr Schwiegersohn erfülle er nur seine Pflicht. Sie sagte, sie fühle sich sehr einsam. Nachdem mein Onkel aus dem Gefängnis gekommen war, hatte er die Stadt verlassen, ohne sich von ihr zu verabschieden. Es war mir lieber, wenn sie nicht kam. Sie zu sehen tat mir weh.

Ich dachte noch immer an Flucht, oder, besser gesagt, ich träumte davon zu fliehen, aber ich wusste nicht wie. Ich fühlte mich verantwortlich für den Tod der Stummen und empfand mein Leben als verdiente Strafe. Mit dem Schmerz büßte ich für meine Fehler. Die Jugendliche von dreizehn Jahren war mir inzwischen fremd geworden. Der Mullah kam jede zweite Nacht in mein Zimmer. Ich kümmerte mich um seine erste Frau, putzte die Toiletten und verbrachte viel Zeit allein in einer Ecke; und ich las im Wörterbuch.

Da ich gehängt werde, will ich die Wahrheit sagen. Obwohl ich es mir nicht eingestehen wollte, gefiel es mir, das Geschlecht des Mullahs in meinem zu spüren. In der zweiten Nacht, als er im Halbdunkel in mich eindrang, erzitterte ich und empfand voller Scham und Schuldgefühle einen ungeahnten Genuss. Ich verbarg immer noch das Gesicht unter der Decke, um seinen Atem nicht riechen zu müssen, und biss ins Kopfkissen, damit er mich nicht hörte. Sobald er mein Zimmer verlassen hatte, um sich in sein Büro zu legen, machte ich mir Vorwürfe. Ich verachtete mich. Er hatte die Stumme aufgehängt. Ich fühlte mich schmutzig, schuldig, wie eine Hure. Mein Hass richtete sich gegen mich selbst.

Nach sechs Monaten wurde ich schwanger. Ich war die ganze Zeit über krank, sobald ich etwas aß, übergab ich mich. Es war, als wollte ich das Kind ausspeien, das in meinem Leib heranwuchs. Während der Schwangerschaft konnte ich den Geruch des Mullahs nicht ertragen; sobald er sich mir näherte, wurde mir schlecht. Also ließ er mich in Ruhe, um des Wohls des Kindes willen, und ging jeden Abend in Zahras Zimmer. Er war glücklich, wieder Vater zu werden, und wünschte sich einen Sohn. Ich war noch keine vierzehn Jahre alt und sollte das Kind eines Mannes gebären, den ich verabscheute.

Für Zahra war es unerträglich zu wissen, dass ich schwanger war, denn sie konnte keine Kinder bekommen. Unentwegt suchte sie Streit und warf mir vor, meine Arbeit nicht sorgfältig zu machen. Ich konnte die erste Frau nicht mehr pflegen. Beim Geruch der Exkremente musste ich mich sofort übergeben. Ich sprach darüber mit dem Mullah, und er ordnete an, Zahra solle mich während meiner Schwangerschaft ersetzen, was ihre Feindseligkeit mir gegenüber nur noch stärker werden ließ; im Gegenzug musste ich kochen und den Hof sauber halten. Eines Tages stellte sie mir ein Bein; ich fiel auf den Bauch. Ich war im fünften Monat schwanger und glaubte, ich würde eine Fehlgeburt haben. Der Gedanke, das Kind zu verlieren, störte mich im Grunde nicht, es war kein Wunschkind, beileibe nicht, aber bei dem Sturz tat ich mir weh, und ich hatte genug von ihrer Bosheit. Also stand ich auf und sprang auf sie. Wir kämpften miteinander. Am Abend erzählte sie dem Mullah ihre Version. Dann kam er zu mir, und ich erzählte ihm meine. Er befahl mir, mit ihm zu kommen; ich folgte ihm ins Zimmer von Zahra; dann folgten wir ihm beide in den Keller. Er schloss uns im Dunkeln ein und sagte, wenn wir nicht imstande wären, uns vernünftig zu benehmen, müsse er eben nachhelfen, indem er unsere Hände fesselte. In dieser Nacht, im Kellergeschoss, traf ich meine Entscheidung.

Deine Hinrichtung findet an diesem Freitag statt.«

»Danke.«

»Wofür?«

»Dass du mir das sagst.«

Nach ein paar Sekunden Schweigen fügte er hinzu: »Ich heiße Arasch und stamme aus Chiraz.«

Ich betrachtete seine Augen, sie hatten die Farbe des Honigs, der Sonne, die Farbe der Hoffnung. Ich spürte etwas, das ich in meinem Leben nie kennen gelernt habe.

Man wird mich auf demselben Platz hinrichten, auf dem die Stumme gehängt wurde. Merkwürdig, in dem Moment, da sie gehenkt wurde, sah ich mich bereits an ihrer Stelle, spürte ich die Schlinge um meinen Hals. Ich habe keine Angst vor dem Tod, er ist zu unbegreiflich. Mit fünfzehn ist man zu jung, um Angst vor dem Tod zu haben.

Meine Entbindung verlief schwierig. Über dreißig Stunden dauerte mein Martyrium; ich verfluchte den Himmel und die Erde, den Mullah und sein Kind. Es wollte nicht auf die Welt kommen. Der Mullah hatte eine Hebamme zu uns nach Hause gerufen, er wollte eine natürliche Geburt. Dann folgte seine Enttäuschung, es war ein Mädchen. Ich nahm es nicht in die Arme. Ich fühlte mich nicht als Mutter. Ich glaubte, vor Erschöpfung sterben zu müssen.

Vierzig Tage nach der Entbindung tauchte der Mullah wieder in meinem Zimmer auf. Wie zuvor drang er in mich ein, ohne sein Gewand ausziehen; ich weiß nicht, ob es an der schmerzhaften Entbindung lag, an der monatelangen Einsamkeit oder an dem Säugling, der neben mir schlief, aber ich spürte überhaupt nichts und blieb reglos unter seinem Körper liegen. Nach dem Koitus zog er sich aus mir zurück, stand auf und ging in sein Zimmer. Er kam wieder jede zweite Nacht. Und jede zweite Nacht malte ich mir unter den Stößen des Mullahs die Szene aus. Ich betrachtete seine Halsschlagader auf der rechten Seite, weil ich Linkshänderin bin; ich musste präzise sein und kühles Blut bewahren; ich durfte nicht riskieren, eine ungeschickte Bewegung zu machen. Ich hatte es mir so oft vorgestellt, dass ich es im völligen Dunkel hätte ausführen können. Und schließlich habe ich es getan.

Ich hatte das Messer geschliffen, es unter der Matratze versteckt und ihm tief in die Kehle gerammt, während sein Geschlecht in mir war. Dann stieß ich ihn zurück und stach mehrmals mit dem Messer auf seine Brust ein. Er lag in einer riesigen Blutlache. Ich blickte den schlafenden Säugling an und dachte dabei an das Sprichwort, das meine Mutter so gern im Munde führte: »Keiner kann gegen sein Schicksal an …« Seines hatte von der Wiege an unter einem schlechten Stern gestanden; ihn Zahra oder meiner Mutter zu überlassen, wäre ein Verbrechen gewesen. Am liebsten hätte ich meine Tochter in die Arme genommen, aber stattdessen schnappte ich mir ein Kopfkissen und presste es ihr aufs Gesicht. Sie war vier Monate alt und hieß Zynabe; ich mochte ihren Vornamen nicht, der Mullah hatte ihn ausgesucht. Ich wollte mich umbringen, aber es war mir unmöglich, mir die Adern mit dem Messer aufzuschneiden, das vom Blut des Mullahs besudelt war. Ich glaube auch, dass es mir an Kraft und Wut dazu fehlte. Ich erwog, nach Teheran zu fliehen; dort würde mich niemand kennen. Ich nahm den Büroschlüssel aus der Tasche des Mullahs. Ich wusste, dass er Geld in der Kommode versteckt hatte, wo auch der Hausschlüssel lag. In Zahras Zimmer brannte kein Licht. Einige Minuten blieb ich mit dem Schlüssel in der Hand stehen. Wartete, bis ich sicher war, dass sie schlief, aber in Wirklichkeit wusste ich bereits, dass ich nicht aus diesem Zimmer käme. Ich hätte kein anderes Leben beginnen können, nachdem ich mein eigenes Kind umgebracht hatte, selbst wenn es das des Mullahs war. Es gab zu viele Leichen in meinem Leben. Ich nahm den Leichnam meines Babys in die Arme. Ich erinnerte mich an die Fortsetzung des Sprichworts: »Jeden trifft das Los, das ihm gebührt, so ist das Leben.« Ich hatte von einer strahlenden Zukunft geträumt, glaubte, mir sei ein anderes Los beschieden. Ich wollte Ärztin werden und bin nun zur Mörderin geworden.

Ich dachte an die Stumme. Und mir wurde klar, dass der Schmerz und die Einsamkeit meiner Tante mit ihrem Tod nicht einfach verschwunden waren, sondern sie hatten sich meiner bemächtigt. Die Stumme und ich standen unter demselben schlechten Stern. Seit ihrem Tod trage ich ihn in mir.

Anmerkung der Journalistin

Der Fernsehsender, für den ich arbeite, hatte mich in den Iran geschickt, um eine Reportage über die Seidenstraße zu machen. Ich wurde von dem Kameramann und dem Tontechniker begleitet, mit denen ich immer zusammenarbeite. Alle nötigen Vorkehrungen waren vor unserer Abreise getroffen worden, so dass wir am Tag nach unserer Ankunft drehbereit waren. Wir hatten einen Geländewagen gemietet, einen Fahrer gefunden, und natürlich hatte uns die iranische Regierung einen Reiseleiter zur Seite gestellt, der gut Französisch sprach. Er war liebenswürdig, aber wachsam und ließ uns nur selten aus den Augen. Am Morgen hatten wir Qom, die »heilige Stadt«, verlassen. Wir fuhren gerade die Straße von Kachan – »einer der ältesten Städte des Iran« – entlang, als wir auf eine Straßensperre stießen. Bauarbeiten. Wir mussten einer Umleitung folgen, einer Schotterpiste, die im üblen Zustand war. Wir kamen an mehreren Feldwegen ohne irgendein Hinweisschild vorbei. Der Fahrer schien sich des Weges nicht mehr ganz sicher zu sein. Der Reiseleiter und er diskutierten auf Persisch, doch es gelang ihnen offensichtlich nicht, sich zu einigen.

Der Wagen hielt hinter einem Moped, das im Nirgendwo abgestellt war. Der Fahrer und der Reiseleiter stiegen aus; ich auch, um mir die Beine zu vertreten. Das Moped wollte gerade wieder starten, als der Reiseleiter den Mopedbesitzer herbeirief. Er kam auf uns zu und begann zu gestikulieren, während er unserem Fahrer den Weg erklärte. Ich war fasziniert von seinen Augen, die wundervoll honigfarben waren. Er warf mir eindringliche Blicke zu. Als mein Name fiel, lächelte ich. Unser Reiseleiter verzog sich, um seine Notdurft zu verrichten und der Fahrer kehrte zurück in den Wagen. Da stürzte der junge Mann auf mich zu und fragte auf Englisch: »Journalist?« Ohne eine Antwort abzuwarten, holte er daraufhin ein Heft aus seiner Jacke und legte es mir in die Hände, wobei er aufgeregt hinzufügte: »Take it, take it!« Aus der Nähe betrachtet leuchteten seine Augen wie zwei goldene Kugeln unter den kohleschwarzen Wimpern. Trotz meiner Überraschung reagierte ich schnell und versteckte, bevor der Reiseleiter zurückkam, das Heft unter meinem Mantel. Daraufhin entfernte er sich. Der Reiseleiter kam zurück, wir stiegen ins Auto, machten kehrt und fuhren langsam den Feldweg entlang. Der junge Mann winkte. Ich drehte mich um und warf ihm einen letzten Blick zu. Er stand noch immer neben seinem Moped. Dann verschwand das Bild hinter der Staubwolke, die der Wagen aufwirbelte.

Ein persisches Sprichwort sagt: Um den Tod der armen Leute und das Verbrechen der Reichen macht niemand viel Aufhebens. Ich hoffe, die Geschichte der Stummen und ihrer Nichte wird das Sprichwort Lügen strafen.

Während meines Aufenthaltes im Iran erzählten mir mehrere Leute, dass das Regime bei öffentlichen Hinrichtungen unterschiedslos politische Gegner und Kriminelle exekutiert. Die Repressionswelle ist nie verebbt, im Gegenteil, in letzter Zeit hat sie noch an Stärke gewonnen. Beim Hinrichten leistet das Regime ganze Arbeit.

Anmerkung des Übersetzers

Ich bin Übersetzer von rund dreißig Werken, darunter vor allem Romane und Essays aus dem Französischen und dem Englischen ins Persische. Dieser Bericht hat mich erstmals mit der ungeheuer schweren Aufgabe konfrontiert, aus dem Persischen zu übersetzen. Diese Herausforderung war umso größer, als der Text, der in einem sehr persönlichen Ton gehalten ist, unter tragischen Umständen geschrieben wurde. Ich habe versucht, soweit es mir möglich war, dem Stil, dem Ton, dem Fluss des Textes treu zu bleiben. Ich habe mir nur erlaubt, ein paar Fehler, die der Verfasserin unterlaufen sind, stillschweigend zu korrigieren. Den manchmal holprigen Stil, die hin und wieder sehr mündliche und familiäre Ausdrucksweise habe ich beibehalten. Die Autorin hat keinerlei Zeichensetzung verwendet, keine Absätze gemacht und ihren Bericht nicht in Kapitel unterteilt, vermutlich wegen der begrenzten Zahl der Seiten im Heft; vielleicht aber auch, weil es ihr so gefiel oder weil ihr emotionaler Zustand es nicht anders zuließ. Ich habe mir trotzdem die Freiheit genommen, den Text in der Übersetzung aufzulockern, um die Lektüre zu erleichtern.

Des Weiteren ist es mir wichtig, hier zwei ethnolinguistische Sachverhalte zu erklären. Das Erste betrifft die Verwandtschaftsverhältnisse. In mitteleuropäischen Sprachen wird das Wort Tante sowohl benutzt, um die Schwester des Vaters als auch die Schwester der Mutter zu bezeichnen, und der Begriff Onkel, um den Bruder des Vaters oder den Bruder der Mutter zu bezeichnen. Im Persischen gibt es für diese Verwandtschaftsverhältnisse unterschiedliche Wörter. *Ameh* bezeichnet die Tante väterlicherseits, *Kahleh* die Tante mütterlicherseits, *Amou* den Onkel väterlicherseits und *Dai* den Onkel mütterlicherseits. In der Übersetzung musste ich bei zwei Protagonisten hinzufügen, dass die eine – die Stumme – die Schwester des Vaters der Erzählerin und der andere – der junge Mann – ihr Onkel mütterlicherseits war. Zwischen ihm und der Stummen gibt es also keinerlei Blutsbande. Der zweite Punkt, den ich erläutern möchte, hängt mit dem Verwandtschaftsverhältnis zwischen den Frauen zusammen. Die Autorin benutzt zweimal das Wort *Havou.* Die Scharia erlaubt die Polygamie; sie erlaubt einem Mann, bis zu vier offizielle Frauen zu haben. Havou bezeichnet die Verbindung zwischen diesen Frauen: Frauen, die denselben Mann zum Gatten haben, sind untereinander Havous. Für dieses Wort, das dem System der Polygamie eigen ist, gibt es in den westlichen Sprachen kein Äquivalent. Daher war ich gezwungen, es aus der Übersetzung zu streichen.

Ich möchte der Journalistin C. J. für ihr Vertrauen danken. Ihre Korrekturen und Anmerkungen waren äußerst hilfreich, um meine erste Übersetzung aus dem Persischen zu einem guten Ende zu bringen.

~~26.–~~

14.95–